# El Jamón del Sándwich

# El Jamón del Sándwich

**Le Vieux Coq**

*Novelistos al Sur del Mundo*

Editorial Segismundo

S

© Editorial Segismundo SpA, 2019

**El Jamón del Sándwich**
**Le Vieux Coq**
*Colección Novelistos al Sur del Mundo*

Primera edición: Febrero 2019
Versión: 1.0
Copyright © 2019 Le Vieux Coq

Contacto: Juan Carlos Barroux <jbarroux@segismundo.cl>
Edición de estilo: Juan Carlos Barroux Rojas
Diseño gráfico: Juan Carlos Barroux Rojas
Fotógrafo de la portada: Jaime Lagos Fuentes

Registro Propiedad Intelectual N° 307.830
ISBN-13: 978-956-9544-22-4

Otras ediciones de

*El Jamón del Sándwich*:

Impreso en Chile
ISBN-13: 978-956-6029-01-4

POD – Amazon™, EBM®, etc.
ISBN-13: 978-956-9544-22-4

eBook – Kindle™, Nook™, Kobo™, etc.
ISBN-13: 978-956-6029-02-1

# Dedicatorias

Αφιερώνω αυτό το έργο στην Έκάτη.

A Gonzalo Garcés,
Pues en su taller,
"La Ciudad y las Palabras",
Empezó todo.

A Facebook®,
Por su voyerismo ontológico.

A mis exes
Sin cuyas ausencias
Nunca podría haber contado
Estas historias.

A mis maestros:
*William Gibson, Erica Jong, Michel Houellebecq,*
*Muriel Barbery, Ernest Hemingway, Françoise Sagan,*
*Alberto Moravia,* Jorge Luis Borges, *Albert Camus,*
Abelardo Castillo, *Marguerite Yourcenar* y
*Edgar Allan Poe,*
Por sus palabras.

Otras obras de *Le Vieux Coq*:

*Más X que Y* – **Refranero**

*Diecisiete Sílabas para Huasco* – **Poesía (Haiku)**

*Mariscadera* – **Cuentos (Eróticos y culinarios)**

*Diccionario de Palabras Inventadas* – **Diccionario**

# Leguleyadas

Los nombres de los personajes han sido cambiados para proteger a los culpables. Cualquier parecido con la realidad es una casualidad totalmente improbable y absolutamente a propósito.

El autor no se hace responsable por los dichos de los personajes, pues éstos son lo suficientemente grandes como para defenderse solos.

El autor también se reserva el derecho de estar o no de acuerdo con las expresiones vertidas por los personajes.

Ningún animal fue muerto, herido o dañado durante la escritura de esta novela, con la obvia excepción del propio autor.

# Agradecimientos

¡Gracias!

# Pregrafe

No sé, me importa un pito que las mujeres tengan los senos como magnolias o como pasas de higo; un cutis de durazno o de papel de lija. Le doy una importancia igual a cero, al hecho de que amanezcan con un aliento afrodisíaco o con un aliento insecticida. Soy perfectamente capaz de soportarles una nariz que sacaría el primer premio en una exposición de zanahorias; ¡pero eso sí! —y en esto soy irreductible— no les perdono, bajo ningún pretexto, que no sepan volar. Si no saben volar ¡pierden el tiempo las que pretendan seducirme!

Oliverio Girondo

# *Homo dramatis personæ*

IDENTIFICATION DIVISION.

> *Ho! Ho! Ho! To the bottle I go*
> *To heal my heart and drown my woe*
> *Rain may fall, and wind may blow.*
> *And many miles be still to go...*
> *But under a tall tree will I lie*
> *And let the clouds go sailing by.*
> *J.R.R. Tolkien, The Fellowship of the Ring*

♠ Marco, divorciado en primeras nupcias, padre de una hija e ingeniero en sistemas digitales. Exitoso empresario de la informática, con su propia empresa de desarrollo de sistemas transaccionales en tiempo real, habiendo logrado su oficina-esquina, parcela de agrado y *bimmer* antes de los cuarenta años. Trabajólico por escapismo, soltero por huevón y parapentista por entretención. No tiene relación estable con ninguna tipa, salvo su madre, con Alzheimer (DSTA[1]), a quien cuida. Es un virtuoso de la BlackBerry™, siendo capaz de hablar mientras escribe mensajes inconexos.

♠ Pancho, físico teórico dedicado a unificar a la magnetohidrodinámica con la mecánica estadística aplicada a la materia bariónica, nunca casado y sin hijos. Sibarita empedernido, amante serial, racionalista impenitente, alcohólico por convicción, cocinero por amor, andinista por casualidad y cletero por causalidad. No usa celular, por esnobismo, pero nunca sale sin su Ultrabook™ a cuestas en la mochila.

---

[1] Nota del Editor: Demencia Senil de Tipo Alzheimer (DSTA).

♠ Pablo, alias el *Sensei*, ingeniero especializado en compiladores, intérpretes y protocolos esotéricos, generalmente obsoletos, BSC[2] por ejemplo, separado legalmente una vez y otras dos *de facto* mediante el método de las zapatillas. Una hija de cada relación de largo plazo; todas viven en su casa. Educa y mantiene a las seis. Tiene úlcera en el estómago. Teísta, verde por obligación, prefiere el *Himlagott* de Kobbs™. Lector omnívoro por gusto. Es el genial inventor de la mudanza hormiga. Sólo usa celulares con Android™.

♠ Mauro, médico psiquiatra en el HUAP, extraña y felizmente casado en segunda instancia con una ingeniera. Un hijo del primer matrimonio y dos hijas del segundo. Iconoclasta por tradición, irreverente por joder y comunista por derecho divino. Vivió el exilio en Francia en donde aprendió a beber, tirar y cocinar. Perfecto ejemplar de la subespecie *Machista leninista chilensis*. Usa iPod®, iPhone®, iPad® y MacBook Air®.

♠ Juan, el narrador, o sea, yo, ingeniero en computación, aunque trabajo como informático en un importante Banco de la plaza manteniendo la componente OLTP, implantada en Tuxedo™, del *Core*, escrito en COBOL a principios de los tiempos modernos, divorciado, con dos hijos en la Universidad, uno en periodismo y el otro en psicología y, por último, soy un alcohólico conocido, porque no me da para ser anónimo. Llego a cada fiesta con una polola nueva, cada cual más loca que la anterior. Perdí mi brújula hace algunos años y la sigo buscando, junto con mis canicas, la fe, los anteojos y el maldito celular.

---

[2] Nota del Editor: *Binary Synchronous Communication* (BSC), un protocolo *half-duplex*, orientado al carácter, anunciado en 1967 y descontinuado en 1987 por IBM, aunque sigue ampliamente en uso hoy en día.

# *Femina dramatis personæ*

## DATA DIVISION.

> *En la tierra seremos reinas,*
> *y de verídico reinar,*
> *y siendo grandes nuestros reinos,*
> *llegaremos todas al mar.*
> *Gabriela Mistral, Tala*

♥ Ximena, psicóloga, amante de varios otros, separada de un psicoanalista, con un hijo adolescente. Resignada de y superada por la vida, acoge con una fiesta a todos los hombres que la marea bota en su puerta, pues es una verdadera cambowarrior de clóset, eternamente agradecida de cuanto macho se le cruza. Trabaja como Gerente de RR.HH. de una gran empresa de *Retail*, sublimando así sus energías y logrando ser muy exitosa profesionalmente. Como buena viuda de la democracia, oscila caóticamente entre el nihilismo contumaz y el *New-Age* absolutista, logrando mezclar sin contradicciones conceptuales; los ángeles, los *chakras*, los cristales, el Inti y la *Qabbaláh*. Suele usar sandalias de sisal, con tacos de ¾ y cuentas de colores. En invierno las cambia por botas Hush Puppies®.

♥ Andrea, secretaria, divorciada, sin pareja estable, y una pareja de hijas adolescentes que tampoco lo son. Niña buena, tan buena que es tonta de buena. Se casó virgen con un ingeniero que nunca la tocó antes del matrimonio, ni después, pues era eyaculador precoz y gay pasivo. Bueno, la tocó dos veces. Supo de los orgasmos al poco tiempo de irse de la casa con sus hijas. Todavía está preguntándose por la razón del fracaso de su vida. Anda en esa misma vida con zapatos tipo reina, de taco grueso, y si ésta toca en invierno, usa botas negras de taco bajo.

♥ Carolina, ingeniero comercial, ejecutiva de un banco de la plaza, separada, dos hijas de dos hombres distintos. *Superwoman* encadenada a su deber-ser, ergo siempre impecablemente vestida. Malabarista, manteniendo en el aire su éxito profesional, la protección de sus hijas, el orden de la casa y su cuidada apariencia. Madre taxista obsesionada por cumplir con todos, menos con ella, pues no tiene ni tiempo de preguntarse si es feliz, aunque bien sabe que ella se merece muchas más cosas de la vida y las sigue esperando. Mientras tanto, usa chalas con pulsera en verano y botas cortas de gamuza en invierno.

♥ Paulina, relacionadora pública, católica, más aún, schönstattiana, divorciada después de quince años de martirimonio, con dos hijos grandes. Niña de buena familia, con apellidos de nombres de avenidas y calles, fracturada entre su entrañable rebeldía y su insidiosa conciencia de clase, pues a pesar de sus intentos de escapar, no deja de ser niña cuica. Disfruta de ser el escándalo de la familia, claro que le duele, pero siempre digna, como se debe. Obviamente, sólo usa zapatos extranjeros de marca, sin obstar el clima.

♥ Vania, la narradora, o sea, yo, abogada, exitosa, dueña de mi propio bufete, soltera, sin hijos, disfrutando de la fantástica posibilidad de nuestra época de sentir como mujer y comportarse como hombre. Soy una guerrera asumida y orgullosa de mi condición. Tengo dos padres vivos, conservadores y entrometidos. Uso mocasines o botas altas, con tacos ¾, según me da la real gana.

# De los cepillos de dientes...

## PROCEDURE DIVISION.

*Hoy recuerdo la tarde en que le vendí mi alma al Diablo*
*(era miércoles y llovía elefantes)*
*Tito Matamala*

El cielo sobre la ciudad tenía el color de un televisor, sintonizado en un canal muerto. Un opresivo gris milico como cielorraso. Un día de agosto, sin sol ni lluvia. Sólo un gris que desteñía en todas las cosas y en todos los actos de este día de invierno. Las palabras mismas adquirían la viscosidad propia del plomo fundido.

—Al comienzo fue un simple cepillo de dientes, —dijo Marco—, un puto cepillo de dientes —con rabia contenida en su voz.

—Sí, siempre te dejan un cepillo de dientes. Te las tiras más de tres veces, después te dejan el cepillo de dientes en el baño como quien clava una bandera en una cumbre —añadió Pancho sorbeteando paulatinamente su amarga cerveza.

—Después siguen con el resto; toallitas, champús, cremas, rouges, bálsamos, polvos y cuanta huevada más usan las tipas. Ni te das cuenta y ya se han apropiado de tu baño —prosiguió Marco.

—El paso siguiente es cuando te dejan calzones limpios, sólo porsiaca, en un cajón de tu cómoda, al lado de un par de *baby dolls* y sostenes. No te percatas de nada, pero estás completamente invadido —siguió contando Pancho.

Pablo, nuestro Sensei, silencioso como siempre, desde la punta de una de las dos mesas de plástico rejuntadas, gracias a nuestros auspicios, bajo el gran toldo rojo que cubría la vereda frente al bar, habló:

—Ha de ser un comportamiento territorial, como cuando los perros te mean el árbol para indicar que es de su espacio personal y así lo marcan. Ellas dejan un cepillo de dientes para marcar el suyo —provocando una incómoda carcajada general de asentimiento—, por suerte no te orinan —precisó, causando más risas estrepitosas, casi histéricas.

Un mayoritario sorbo de cerveza acompañó la muerte de una puta y Marco continuó: —Una vez terminé con una tipa con la cual había pololeado más de dos meses. Tuve que hacer tres viajes en auto a su casa para devolverle todo lo que había ido dejando en la mía. Nunca supe cómo lo hizo, eso de ir dejando tanta huevada sin que me diera cuenta.

—En mi taxonomía personal y privada, esa es la mujer líquido —explicó el Sensei—, la mujer líquido capilar, pues se inmiscuye en todo sin que te percates. Se infiltra en tu casa, que es lo de menos, y en tu vida, que sí importa. Poco tiempo después, ella ha permeado todos los actos que constituyen tu diario quehacer. Ella está en todo, participa de todo y termina siendo todo. Ya no puedes sacártela de encima porque es parte de ti y te encuentras mojado de pies a cabeza por ella. No puedes vivir sin ella y nunca lograrás entender cómo lo logró. La única solución es la amputación antes de que la gangrena se propague. O, quizás, la lobotomía para seguir viviendo con ella.

Por un instante dejé la triste contemplación de mi schop de Torobayo®, el tercero o cuarto, no lo sé y no me importa, para hacer un atrasado aporte a la conversa: —Yo los uso para hacer instalaciones. En una época tenía pegada en la pared de mi ducha una esvástica hecha con cepillos de dientes heredados de varias minas como recuerdo de su ausencia. Las nuevas a veces preguntan por esa instalación y otras veces simplemente comentan lo original que era. Ni sospechaban que su cepillo sería usado en una instalación futura —Risitas surtidas y apreciativas acompañaron el comentario—. Es mi protesta silenciosa en contra de su opresión de género...

El Sensei me miró con un brillo de complicidad en sus ojos húmedos y dijo: —Yo tengo todo un lote en la cocina y los uso para limpiar. Son muy útiles para sacar las manchas de té de las tazas—. Él, taxativamente, era el más maniático de la limpieza de todos los presentes, cosa no muy difícil en un grupo de cuarentones, tirando a cincuentones, todos separados, además de ser un fanático de los tés. De hecho, era el único de las dos mesas del Bar Las Lanzas® con un té en su mano, verde obviamente, o-cha como dice él, en vez de la sempiterna cerveza de todos nosotros. Pero claro, no era por gusto, sino para no morirse. No podría volver a tomar nunca en su vida una cerveza, así que rumiaba recuerdos de borracheras pasadas en el fondo de sus tazas de té. Una más de las indignidades de la medicina moderna.

—Siempre me felicitan por lo limpio y ordenado que tengo el apartamento, que hasta uso cepillos de dientes para limpiar la loza. Las muy ingenuas—, puntualizó con una leve sonrisa irónica.

Otra nerviosa carcajada siguió al relato.

Marco hizo un movimiento como para erguirse en su silla y siguió contando sus aventuras: —Cuando me separé me fui a vivir al trabajo. Tengo ducha en el baño de la oficina y a la noche instalaba una colchoneta sobre la mesa grande, esa que está en la sala de reuniones para clientes, y dormía allí. Me levantaba temprano y trabajaba hasta tarde. Vivía del *delivery* de pizzas o del chino que está a la vuelta de la esquina. Las tipas se apiadaban de mi condición que ni te cuento y se ponían muy tiernas, protectoras, maternales, pero no tenían dónde dejar su cepillo de dientes. Nunca, ninguna dejó nada, de hecho. Viví así un poco más de un año. Fui muy feliz.

—¿Por qué te fuiste entonces? —preguntó Pancho—. ¿Qué pasó?

—A mi madre le dio Alzheimer, así que tuve que comprarme la parcela, mandar a hacer una casa con los cuidados específicos, traérmela, contratar gente para que me la cuide de día y yo estar con ella todo lo que se pueda de noche y los fines de semana. Como soy hijo único, era la única opción para ella.

—¿No era más simple comprar un apartamento? —indagué.

—Sí, capaz que sí, pero ella es del campo. Sus pocos recuerdos son los de su niñez en el patio trasero jugando con las gallinas. Pensé que era lo mejor que podía hacer por ella, devolverla a su infancia para sus últimos años —confesó Marco.

—Mmmm... si tú lo dices —gruñí a modo de respuesta mientras pensaba en la fortuna de quienes beben un triste olvido en el río Leteo. En cualquier caso, es mucho mejor que ahogarse en las dolorosas aguas del Aqueronte...

—¿Y ahora ellas dejan el cepillo de dientes para que lo usen las gallinas? —insistió jocosamente Pancho.

—No. Hasta allí no más me llegó la felicidad, pues las tipas dejaron de compadecerse de mi persona.

—¿Ni siquiera esa secre que anda detrás de ti desde siempre y hasta antes de eso? —inquirió Pablo.

Marco esbozó una sonrisa equívoca: —Ni siquiera ella. La verdad es que no la entiendo, porque cuando me acerco me rechaza y cuando me alejo, esa tipa hace todo lo contrario.

Creo que fue en ese punto en donde dejé de escuchar la conversación y me sumergí en la melancólica contemplación de mis recuerdos en las abismales profundidades de mi cuarta, o quinta, Torobayo®.

La cerveza es maravillosa, y en ese particular momento, mucho mejor que el café. Cierta gente puede ver el futuro en el fondo de una taza de café. Quizás sea así, pero cada vez que yo lo he intentado, mi futuro es negro. Muy negro. Por eso prefiero la cerveza, pues bajo la capa de giste puedo ver futuros más claros, albos, diáfanos. Futuros llenos de burbujas, de movimiento, de emoción. Tras muchas cervezas me pongo a mirar las burbujas que suben por el pálido ámbar y me imagino el futuro. Es un acto hipnótico. Un acto mágico. Lo peor, es que funciona. Por eso, la cerveza es mucho mejor que la televisión.

Descubrí el truco una vez tras un día realmente difícil en la pega, por culpa de un maldito subsistema de cartera vencida que rehusaba tenazmente dejar de arrastrarse por el piso, muy a pesar de todas mis sabias imprecaciones en muchas lenguas humanas e inhumanas, cuando fui a un bar a tomarme unas chelas para relajarme. Después de varios schops mirando distraídamente las burbujas en su loca carrera hacia su muerte superficial, mientras pensaba en mi propia pugna profesional, propia loca carrera hacia el frívolo fin, descubrí el truco de ver el futuro en un vaso de cerveza; un futuro blanco espuma en vez de negro sarro. Fue como descubrir el sentido de la vida, el universo y todo lo demás.

La burbuja cervecera como símil de la existencia, en su inútil carrera mortal. Todo un concepto. Cada burbuja, una vida. Un schop, una familia, un curso del colegio, una empresa, una comunidad de personas. Ver cómo cada burbuja se abre camino hacia su muerte, cómo se cruzan con otras burbujas, igual de desesperadas, cómo pareciera que cada burbuja tratara de ganar la carrera, la descontrolada carrera hacia la nada. A veces me imagino sus patéticas vidas de burbujas, sus amores de burbujas, sus pesares de burbujas, sus logros de burbujas. Las burbujas tienen algo de fascinante, algo mágico, perfectas en su esférica existencia, sin límites en la diminuta superficie de su finita geometría, sin embargo, tan pasajeras, tan breves, tan efímeras...

Cada schop es un mundo, un universo, lleno de vida burbujeante, escenario de míseros dramas de burbujas, de la *comédie des bulles*. ¿Cuál será el afán de las burbujas? ¿Qué soñarán en sus sueños de burbujas nadadoras del líquido ámbar de su pequeño cosmos?

Hasta el amargo de la cerveza sabe mejor que el del café. Esta chela en particular llenaba mi boca de espuma con un leve amargor y mucha carga frutal a naranjas y duraznos, además de tostado y caramelo, equilibrando el paladar con sus aromas. Encima de su refrescante sabor, una cerveza sirve para ver lo que pasará, lo que no ha pasado ni pasará, lo que pudo haber pasado y hasta lo que pasó. Pasado y futuro nadando en el fondo de un schop. Sueños que realmente soñé antaño, sueños recordados, recuerdos inventados.

Me sumergí en el pasado, en mi pasado, en el ámbar de la contemplación del recuerdo de un hermoso cepillo de dientes, de mango azul como el cielo, como los ojos azules de mi ex-mujer, como cualquier cosa azul y transparente en este portentoso mundo. Empero, no era el de una mina. Era el mío. El que usé la primera vez, durmiendo con ella. Ese cepillo me dolía. Todavía lo tenía, metafóricamente hablando, claro está, atravesado en la garganta. En mi noche de bodas, muy a pesar mío, lo había usado. Aquella triste noche había sido castrado con un cepillo de dientes, nuevamente como figura metafórica, claro está. El mío. Fue la boda perfecta. Con una tremenda rubia alta, de una buena familia, más que acomodada, mitad inglesa y mitad vasca, buenos apellidos vinosos; la rubia trofeo. Habíamos pololeado un poco más de tres años. Estaba enamorado hasta las patas. Todo fantástico. Teníamos decidido aprovechar la fiesta, por lo que nos retiramos pasadas las cinco de la mañana. Llegamos a la *suite* del hotel, y yo caliente, traté de pasarla por las armas apenas llegado. Grave error. Muy grave. Primero me mandaron a lavarme las manos, después a ayudarla a quitarse el corsé, entendible por lo demás. La hora sacándole pinches del pelo fue demasiado. Pero, lo que colmó el vaso fue cuando, ambos desnudos, insistió en que no pasaría nada de nada si no me lavaba los dientes. Mi sueño romántico hecho realidad. ¿Qué pasó con el deseo? ¿Con la lujuria? ¿Con la locura? Peleamos un rato. Luego, cedí, me fui a lavar los dientes y a poner el pijama. Pasé los quince años siguientes cediendo. Debí de haber guardado ese cepillo de dientes y encuadrarlo para la posteridad de mis nietos como lección ejemplificadora, con moraleja y todo el discurso.

Mi schop estaba vacío. Levanté mi brazo derecho en un movimiento parecido al aleteo de un ahogado en un tumultuoso río infestado de demonios y pedí otro schop de Torobayo®, pues era la única reacción sensata. Una mesera llegó presurosa con mi cerveza. Vestía una polera de un rojo *Campari*® y un pantalón color negro túnel en una noche sin luna, cubierto por el clásico delantal de su oficio, del mismo negro. ¿Mirista o Nazi? Que me perdone Stendhal, pero no pude decidirme.

—Y cuando arrendé un apartamento —estaba contando el Sensei—, lo primero que me compré fue una de esas típicas mesas de terraza y la puse como mesa de centro.

—Obvio, son las más baratas —atestiguó Pancho en medio de una risa general, pues todos habíamos hecho lo mismo, comprarse una mesa de terraza como primer mueble en el primer apartamento recién separados. Yo también. Era lo lógico. El LED gigante en la pared del dormitorio para poder quedarse zapeando los quinientos canales del cable toda la noche hasta tener calambres en el dedo gordo, era el segundo paso. El refrigerador para las chelas y restos de pizza era el tercer y último paso lógico. La vida de un separado está compuesta por pequeñas alegrías simples, tal como quedarse dormido a la hora del ñaupa en la cama con el control remoto del cable en la mano sin que nadie se enoje.

—¿Antes o después de comprar el mantel, los platos, los cubiertos y los vasos en CasaIdeas®? —indagó en tono irónico Marco.

—Antes, indiscutiblemente, pues así sabía el tamaño de mantel a comprar —respondió el Sensei.

—¿Antes o después de la elíptica? —pregunté.

—Después fue, claro que la huevada esa sólo me sirve para colgar la ropa cuando llego de la pega o de un carrete —confesó Pablo, con una lenta mirada de izquierda a derecha, como si alguien fuera a atreverse a reírse de él, cosa poco probable pues todos teníamos el mismo tipo de colgador de vestuario en nuestros respectivos dormitorios como una muestra, varada en la triste realidad, de una ilusa veleidad de hacer ejercicio y mantener un semblante de estado físico.

No sé si era por la concentración etílica de los presentes, pero un cierto patrón emergía en el proceso. Primero el asunto de los cepillos de dientes, después la mesa de terraza como mesa de centro, CasaIdeas®, la elíptica-colgador, etc. Ni hablar de que casi todos éramos ingenieros, maduros, por no decir viejos; divorciados, separados o arrancados, y que a las cuatro de la tarde de este fatídico miércoles estábamos en el Bar Las Lanzas® ingiriendo insignes cantidades de cerveza. Al final, me daba lo mismo, pues lo importante era encontrar, desesperadamente, un patrón en el caos de esta vida. Hallar una arquitectura, un orden, una estructura, alguna huevada que te dé cierta seguridad o, por lo menos, cierta ilusión de seguridad. Con la ilusión basta. Pero tiene que ser una buena ilusión. Una que me pueda creer. Qué lata eso de ser racionalista y no creyente. En ese momento me habría encantado tener fe, creer. Pero no podía. No, no puedo tener fe, fe en lo que sea más allá de mi insobornable lucidez, pues esa misma lucidez me lo impide. La fe en algo es útil, le da estructura a la vida, permite apoyarse en algo, volviendo el peso de esta existencia soportable. La importancia de la fe reside justamente en eso, en dar confianza, en dar seguridad, en servir de muletas. En dar con un orden al cual atenerse, del cual colgarse, bajo el cual cobijarse, al cual abrazar. La fe es la ortopedia del alma. Siempre he admirado a la gente que tiene fe. A su seguridad ante la vida. Una seguridad inquebrantable. A prueba de fuego. A prueba de cualquier evidencia o de la lógica misma. Una seguridad inoxidable. Que no se pueda mellar. Nunca pude tenerla. Nunca pude hacerlo. Quizás, los jansenistas hayan tenido razón y estoy predestinado a la condenación por no haber recibido mi cuota de gracia eficaz. Tengo demasiada confianza en la lógica. En el poder del raciocinio. Cuando me pintan cuentos maravillosos, inmediatamente encuentro en dónde se está descascarando la pintura. Sin siquiera buscar, me salta a la mente la falla, el error, la inconsistencia, la pifia, el *bug*. Francamente, era una deformación profesional. Quizás sea más fácil ser tonto en la vida y aceptar las explicaciones simples y negarse completamente a ver los hoyos en la pared. Pero, para mí, es negarse a ser uno de esos. Negarse a ser un ladrillo en la pared. *Just a brick in the wall.* Pero, *is a hole a missing brick? Or, is a brick a missing hole?* ¿Qué seré yo? ¿Un hoyo o un ladrillo? ¿Un ladrillo en busca de un hoyo? ¿O al revés? ¿Importa? No. Lo único que importa es el hoyo dentro del ladrillo. Eso, soy un ladrillo hueco que sólo desea ser un ladrillo normal sin que los demás ladrillos jamás se den cuenta. Pertenecer a la pared sin sobresalir. Ser un ladrillo normal, al fin y al cabo, un ladrillo común y silvestre. A veces lo logro. Logro que los demás no lo noten. Que no se den cuenta de que no soy como ellos. De que soy un ladrillo distinto, fuera de la norma de los ladrillos. De que, por más que trate, no soy como ellos. De que nunca lo seré, pues nunca he podido alcanzar el Nirvana de la imbecilidad. La paz de la estulticia supina. Lo disimulo y hago como que lo logro. Incluso puedo hablar en público de fútbol, farándula o de alguna de esas actividades para retardados profundos, bradipsíquicos endémicos y tarados imperecederos, pero todos sabemos que es sólo un acto. Una *performance.* No es una solución al problema. Sólo un vano intento de camuflaje. Un mimetismo fallido. Más insidiosamente, quizás la solución sea dejarse sobornar por la fe, a cambio de la redención de la necedad. Quizás sólo la estupidez nos redime en esta tierra y nos entrega la felicidad. ¿Cómo se llamaba la novela francesa con ese argumento? Sólo los estúpidos, tontos e imbéciles pueden ser felices y heredar el paraíso. *Les Pianos Mecániques* si mal no recuerdo. Alguna seductora fe. La que sea. Algo en qué creer ciegamente; Allah, los tallarines lacios, el Kike Morandé, el Colo-Colo®, el *Kelly Bag* de Hermès™,

Yehová, *Lady Gaga*, el Trauco o los helados de pistacho. No sé. Cualquier cosa. Los gringos lo logran. Tienen iglesias de las cosas más increíbles, desde los mormones hasta los cienciólogos, pasando por todos los sabores inimaginables y algunos más, de cristianismos surtidos y revueltos. Manifiestamente creen en cualquier cosa. ¿Por qué yo no lo logro? Por ese detalle del cartesianismo como metodología de pensamiento. ¡Fantástico! Soy un ladrillo racional y hueco, que no logra pertenecer al universo de los ladrillos normales del pensamiento mágico. Al mundo de los ladrillos perfectos, de dimensiones normadas, impecablemente acoplados a los otros ladrillos de la pared, precisamente horizontal y vertical a la vez; ladrillos rectangulares, funcionales y felices, bien alineados con la plomada. ¿Por qué no puedo? Quizás ni sea ladrillo. ¿Quizás sea un canto? Y ni siquiera un canto de ángulos rectos, sino uno de esos que usaban los Incas para construir sus muros. ¡Esos sí que eran muros! Hechos sin escuadra, nivel o cincel; cada canto distinto, llenos de ángulos agudos, obtusos, y todos juntos lograban ser muro, rompiente de los siglos. Hoy construimos paredes desechables de ladrillos estandarizados que no resisten los eternos escalofríos de nuestra cordillera, columna vertebral de América. Paredes normadas en las cuales un ladrillo defectuoso no tiene cabida. Pero, entonces, si la racionalidad no es el camino, ¿por dónde ir? ¿A qué lugar dirigirnos? El poner trenes en la pared para mirarlos tampoco tapa los hoyos, pero, por un rato, los esconde. ¡Sí! Quizás esa sea la vía. La solución a no ser estúpido es estupidizarse, y si la fe no funciona, la farmacopea moderna sí lo logra. Unas pocas dosis diarias para aturdir algunas neuronas y matar a las demás. Sandez científicamente garantizada. ¿Por eso tanta gente se droga? ¿Para no ver la realidad? ¿Para esconder los hoyos en la pared? El suicidio colectivo de las neuronas como escape de la dura materialidad de la existencia. Una senda tentadora, seductora, la apoptosis de la inteligencia, la narcolepsia de la conciencia, pero al final es sólo un suicidio en cómodas cuotas diarias.

Súbitamente, llegando de todos lados a la vez, como un ruido de fondo sin origen ni destino, se escuchó el balido de incontables gargantas gritando gooooooooooooooooooooooooool... ¿Algún partido de calificación para una copa? Como si alguna vez fueran a ganar algo. Me extirpé dificultosamente de mis pensamientos y volví a prestar atención a la conversación que sostenían mis amigos.

—Pero lo más complicado de vivir solo son las pequeñas cosas de organización —contaba el Sensei—, eso de lavar, planchar, ordenar, limpiar, barrer, etc. Es cosa de subcontratar a la nana la pega jodida y, sobre todo, de no ensuciar ni desorganizar el apartamento—, con ese tono de voz que da la experiencia de muchos años separado, varias veces, tres veces exactamente, y con tres hijas de tres exes distintas viviendo con él. Todo un desafío a la organización y a la alimentación.

Me acordé de mis propias experiencias, sacudí la silla de mi cuerpo, sólo un poco, terminando algo más erguido y dije: —Sí, pero tienes que pagar el noviciado, con el agravante de que nunca tu madre te crió para estos menesteres caseros. Cocinar está bien para un hombre, pero limpiar, trapear, baldear. Ni cagando. Nadie nunca te enseñó a hacer eso. Y cometes todos los errores posibles. Todos... Debiese de escribir un librito al respecto. Algo así como un *Manual de Instrucciones para el Hombre Recién Separado*, con todas las papas del oficio. Se vendería como pan caliente. Se los aseguro.

Marco indagó: —Ya pus, danos un ejemplo huevón.

Lo miré con una de esas miradas que se pierden en el infinito dejando a tu interlocutor transparente como la más diáfana de las mañanas en el Desierto de Atacama y proseguí: —Cierta noche de jueves tuve la genial idea de lavar mis camisas para que así la nana llegara en la mañana del viernes simplemente a planchar. No parecía ser una tarea compleja, poner la ropa dentro de la lavadora nueva, poner el detergente en la cajita para detergente y el suavizante en la cajita para suavizante; no le puse cloro porque en esa época todavía no había aprendido a usarlo; cerrar el todo y jugar con los botones de estas cagadas modernas que tienen más pixeles, CPU y RAM que mi primera computadora y listo. Pero faltó una simple instrucción: asegurarse de que la manguera del desagüe salga, justamente, a algún desagüe, porque a las dos horas cuando, en un intermedio de comerciales, me levanté a buscar una lata de cerveza, la cocina y la lavandería tenían unos cinco centímetros de agua por todos lados. Y un agua negra hedionda: una mierda líquida. Tuve que buscar esa huevada que usa la nana para baldear y estrujar el agua sucia. Para hacerla corta les contaré que fueron casi cinco horas trapeando de noche, que saqué nueve baldes de agua, con treinta y tres trapeadas por balde, lo que me dio algo así como doscientos noventa y siete trapeadas en todas esas horas, o sea, prácticamente una trapeada por minuto. Terminé hecho mierda, cansadísimo, con dolor de espaldas, las patas heladas como pingüino y, además, sintiéndome un pobre huevón, porque cómo es posible que ni sepa usar una lavadora de ropa. Pero lo peor fue que de allí en adelante me quedó gustando aquello de trapear pisos. No sé, pero le encontré algo relajante a eso de repetir siempre el mismo movimiento. Quizás me falte inventar un mantra para baldear los pisos y así alcanzaré el Nirvana. Eso sí, nunca supe por qué la manguera del desagüe no estaba en su sitio...

Un gran silencio siguió a mi diatriba y debe de haberse muerto otra puta, una grandísima puta por la duración del silencio, lo que es grave si consideramos el efecto en la oferta y la consiguiente subida de precios de los imprescindibles y meritorios servicios que ellas prestan. Claro, las ventajas de las putas son muchas e indiscutibles. Para empezar, no te dejan nunca un cepillo de dientes en el baño. Ni te agreden comentando casualmente lo mal que tiras. Tampoco tratan de reorganizarte la vida, el *living*, las amistades, la agenda y la cocina. Ni te llaman a los dos meses después llorando para decir que están embarazadas, y tú tratando de acordarte de su cara pues sólo te la pisaste una vez a esa mina y estabas más cañoneado que la Esmeralda para el veintiuno de mayo, demostrando una vez más, majaderamente, que el sexo gratis es más caro. Como bien dijo una vez un sabio y venezolano amigote, mi alto pana, *"chamo, lo bueno de las putas, es que siempre sabes lo que buscan, tu plata. En cambio, las otras mujeres, nunca sabes lo que buscan"*. Pensándolo bien, lo realmente maravilloso de las putas, es que llegan a tu casa, te tiran, toman tu plata, tus billetes y tus monedas, y se van.

Se van apenas terminada su labor. Nada de quedarse a hablar de todo y nada. Esa manía de las mujeres de querer hablar después del acto es enfermante. Echan a perder ese momento de paz, tranquilidad y serenidad que suele venir tras el sexo. Es algo parecido a la felicidad. Quizás hasta lo sea. Felicidad. O un breve instante de felicidad, en todo caso. Y ellas escogen justamente ese momento para hablar, sabiendo perfectamente que uno está en otra y que, claramente, no las vas a estar escuchando ni por casualidad. Cierta vez vi una película en el cable, tarde, era un largometraje clase B argentino, de la cual ciertamente no me acuerdo del nombre ni de nada más, salvo una escena. Una escena específica, con la cual me sentí completamente identificado. Estaba una pareja en la cama justo después del acto amatorio, o sea, recién habían terminado de tirar, cuando ella decide iniciar una conversación con tintes de monólogo sobre un tema sin relevancia alguna, tras unos minutos de una paciencia sobrenatural, el hombre aprieta un botón del velador, haciendo que la cama del lado de la mujer se abra y ella caiga en un profundo pozo. Al instante la cama se vuelve a cerrar, el hombre se sirve un *cognac* que estaba en la parte de debajo de la mesa de noche y se le ve disfrutar del silencio postcoital con una reverencia totalmente religiosa. Mucho envidié la cama de ese huevón. Con las putas es muy simple, hacen su pega y se van. Además, hoy en día, se acabó la tediosa lectura de los pequeños anuncios escondidos en la sección de *Economía y Negocios* (i.e. *Cuerpo B*) del diario *El Perjurio*®, las largas y aburridas conversaciones telefónicas con la *Madame* para que entienda bien mis preferencias y la angustiosa espera a ver qué llega finalmente a tocar la puerta. La Internet tuvo la gracia de desintermediar a los cabrones, proxenetas, cafiches y similares, entre muchos otros, transparentando el mercado y ofreciendo unas páginas web perfectas, siendo mi preferida una con el excelente nombre de sexo punto cé ele. Se terminó el desfile de *Muppets* pisando mi umbral. Se acabaron las sorpresas.

Toda la oferta de servicios está ahora ordenadita, bien segmentada, certificada, con abundantes fotos en alta resolución, recomendaciones, *Likes*, etc. ¿Qué más se puede pedir en la vida que un mercado que funcione de verdad y no sea un oligopolio disfrazado?

La música ambiental del bar me trajo una de mis canciones favoritas, de esas que te marcan precisamente en los confusos años de la adolescencia, cuando todo el universo se muestra transparente ante tus pupilas, en la carraspienta voz de Serge Gainsbourg.

> *Comme la vague irrésolue*
> *Je vais, je vais et je viens entre tes reins*
> *Je vais et je viens entre tes reins et je me retiens*

Esbocé una sonrisa de placer beato al escucharla, lo que me valió una mirada inquisidora del decrépito dueño del bar, sentado como siempre en una silla de plástico gris perla, idéntica a todas las otras, al lado izquierdo del pilar de la puerta de entrada, más inmóvil que una pila de agua bendita, fumando su infaltable pucho, observando, registrando cómo la vaca crece bajo el ojo del amo. Le devolví la mirada, impactado por la camisa celeste de cuello abierto que llevaba puesta, a pesar del gris ambiental de este frío día, pues me pareció ese tono celeste más propio de las vestes de la Virgen María que de las de un viejo cascarrabias.

—Les acabo de mandar un mensaje a todos los demás —estaba diciendo Marco mientras oficiaba diestramente de mensajero con dos veloces pulgares en su Blackberry™.

De sopetón espeté: —Las mujeres no nos entienden —dejando a mis amigos mirándome en el medio de su interrupta conversación.

—Sí… ¿Por qué sería huevón? —indagó Marco.

El Sensei no dijo nada, pero me miró mientras Pancho profundizaba la callada pregunta: —Obvio que no nos entienden, pero, ¿por cuál de todas las razones sería en este caso en particular?

Levanté mi schop, tomé otro largo sorbo de ese ámbar burbujeante y los miré a todos: —Una vez, hace muchos años, me leí una novelita sobre un oso. Escrita en inglés, si mal no recuerdo. No me acuerdo muy bien de su nombre, ni de la historia, creo que era algo así como *The Bear*, pero no estoy seguro. Estaba ambientada en un villorrio de mierda. Perdido a la mitad de uno de esos estados cuadrados en el centro de la nada en Gringolandia había un pueblito alrededor del cual rondaba un oso de características legendarias. Era un oso enorme: grande, viejo y muy astuto. Cada año, después de las cosechas de verano, todos los hombres del pueblo salían, sin éxito alguno, dicho sea de paso, a cazar al oso por unas tres semanas. El ir de caza separaba a los niños de los hombres, siendo el sueño de todos los niños llegar a tener la edad requerida para ir con los hombres a los bosques a cazar el puto oso ese. El narrador y personaje principal de la novela era justamente uno de esos niños a quien le toca por primera vez acompañar a los adultos a cazar al condenado oso. Un día en particular el joven de marras estaba solo en el bosque y justo se encuentra con el puto oso, le dispara, con tan buena suerte que le da y lo mata así de un paraguazo. Cuando llegan los adultos atraídos por el ruido del disparo, el joven le cuenta a su viejo, lleno de emoción y orgullo, *"mira, ¡acabo de matar al oso!"*. El padre se acerca, observa cuidadosamente al oso y, con un aire de pena infinita, responde que lo sentía mucho por el oso. Allí, creo, que el hijo entiende que el puto oso era sólo una perfecta excusa para salir por tres semanas entre hombres a hacer fogatas en el bosque, contarse historias, tomar tranquilos sin ninguna mujer cerca que los huevee. Esa novela me hizo entender una de las verdades fundamentales del ser hombre; no nos gusta que nos hueveen las mujeres. Especialmente después de cierta edad. Así de simple. Claro que ellas no nos entienden y siempre nos huevean por detalles insignificantes...

—Lo que yo no entiendo son a las mujeres. ¿Escucharon este lunes la noticia de las dos lesbianas que encontraron abrazadas, desnudas y muertas por sobredosis en un motel? Dicen que fue un pacto de suicidio. ¡Putas! ¡Qué desperdicio de tipas! —contó Marco.

—Faulkner —acotó el Sensei mientras yo buceaba nuevamente entre las burbujas del ámbar—, Faulkner escribió esa novela.

—Obvio que las mujeres no nos entienden, si lo que ellas buscan es un oso de peluche tamaño real para dormir. Sólo necesitan algo peludo y calentito que abrazar mientras roncan —clarificó Pancho.

—Es tan corto el amor y tan largo el ronquido —comenté, en una mala parodia del gran poeta.

Nadie se rió, pues no es risible la realidad. La cruda realidad, como bien dicen los mexicanos, y sin

pensar en el *sushi* precisamente. Los hombres de cierta
edad buscamos que no nos hueveen, pero las mujeres
de cierta edad buscan un oso de peluche. Por eso, a
estas alturas del partido, vivimos todos solos en
nuestros respectivos apartamentos. ¡병철 한 siempre
tuvo la razón! Claro que ellas han descubierto la
solución italiana, el bueno de Scaldasonno™.
Probablemente sea el huevón que debe haber hecho
felices a más mujeres en este planeta. ¡Italiano tenía
que ser!

—Putas, me hicieron acordar del chiste del oso
que siempre cuenta Rodrigo —dijo Marco, con voz
media cortada—, el chiste del tipo cuarentón que un
día despierta, decide cambiar su vida radicalmente y se
va al bosque a cazar osos, con un buen fusil de caza
pesado, ve a un oso pardo a lo lejos, le dispara, el oso
pardo cae, va y se acerca, y justo cuando está al lado
del oso pardo, éste se levanta, lo agarra y se lo manda a
guardar hasta el fondo sin anestesia, ni besitos previos,
ni siquiera una invitación a cenar a un buen lugar. El
pobre tipo jura vengarse, vuelve a la ciudad, se compra
un superfusil de caza de osos, con mira láser
computarizada y todos los chiches, vuelve al bosque, se
encuentra con otro oso, un oso hormiguero, le dispara
de bastante lejos, el oso hormiguero cae, el tipo se
acerca caminando con mucha dificultad y aún más
cuidado, pero, de nuevo, justo cuando está al lado del
oso hormiguero, éste se levanta y, otra vez, hasta el
fondo. El tipo, ya muy maltrecho, se vuelve gateando a
la ciudad, se compra una bazuca con mira telescópica e
infrarroja especial antielefantes, vuelve al bosque, se
encuentra con un oso blanco, le dispara de muy lejos,
ve cómo el oso blanco cae muerto, espera un buen rato
antes de acercarse gateando, y justo cuando está al lado
del oso blanco, éste se levanta, lo da vuelta, y antes de

violarlo una vez más, éste le dice, *"yo sé lo que te pasa, a ti lo que te gusta es el hueveo y no cazar osos"*.

El chiste era uno de los clásicos de nuestro repertorio, el número 42, de esos que siempre nos contamos, y de los cuales siempre nos reímos, aunque en este caso la risa fue forzada, en parte porque Rodrigo cuenta ese chiste con bastante más gracia, quizás por su estilo preciso y meticuloso, logrando incluir desde un oso panda todo tierno hasta una osa polar, de esas que no usan coordenadas cartesianas, con los ejes XYZ perfectamente bien definidos, como Dios manda, pasando por un glotón oso colmenero y un oso muy grande de color morado, entre muchas anécdotas más.

Estaba en plena meditación sobre esos profundos temas cuando llegó el Mauro, llorando.

Nos levantamos todos, lo abrazamos, uno por uno, así por turno, uno tras otro, secuencialmente, algunos llorando, otros sin decir nada, muchos con la voz quebrada. Bastante alcohol en el cuerpo ayuda a sincerarse.

—Putas el Rodrigo —fue lo único que logró decir el Mauro cuando me abrazó.

Y yo respondí, llorando a moco tendido, mientras le daba el abrazo de oso más apretado de mi vida: —Putas el Rodrigo...

Eran apenas las seis de la tarde, llevaba varias horas y muchas más cervezas en el cuerpo, aquí, en la latitud 33° Sur del planeta, sentado en el Bar Las Lanzas®, en la Plaza Ñuñoa de Santiago de Chile, frente a la parroquia Nuestra Señora del Carmen, ubicada del otro lado de la plaza, esperando que llegara el cuerpo de Rodrigo, mi mejor amigo.

Mientras lo esperábamos, hablamos de todo, menos de él, ni de su muerte, ni del velorio que aguardábamos. Mujeres, cepillos de dientes, trabajo, mesas de comedor, plantígrados y meretrices sirvieron para honrar su recuerdo.

—Putas el Rodrigo…

# ¿Qué chucha?

```
LABEL-WTF.
    DISPLAY "WTF?".
```

*Honi soit qui mal y pense*
*King Edward III*

— **H**abía treinta y ocho psicoanalistas en el vuelo de LAN™ a Buenos Aires y por lo menos cinco de ellos me habían tratado. ¡Sin contar al padre de mi hijo! ¿Te das cuenta? —contó Ximena—. Íbamos a un congreso y era mi tercer viaje a esa ciudad este año, pero imagínate, me sentí desnuda frente a todos. Cómo me deben de haber pelado. Y yo con unas ganas terribles de tomarme algo, aunque sea una cerveza, pero no me atreví. ¡Tú sabes cómo son los hombres! Así que me quedé con la apetencia de una. ¡Vania, la necesitaba realmente! Porque estoy en un momento de melancolía.

—¡Pucha! Una chela para mi amiga, para que se le pase la melancolía —alcancé a atinar—. ¿Cerveza francesa para este calor infernal?

—¡Ufff! Sí, un poco, mira que marzo está más caluroso que nunca.

—¡Ánimo! Que mañana será otro día.

—Eso espero.

—Además, el mundo está lleno de franceses y de cervezas.

—¡Ja, ja, ja!

—Hasta de cervezas francesas —dije con mi sonrisa más tierna.

—En eso prefiero el vino francés —intervino Paulina, mientras levantaba su copa de *Cabernet Sauvignon* del Valle de Apalta.

—Buen punto —reaccioné.

—O el francés con una copa de vino. ¡Ja, ja, ja! —puntualizó Ximena—. El vino francés también me gusta.

—Existe un libro de Apollinaire llamado *Alcools*, justamente sobre el tema de los franceses, poetas y borrachos —declaré.

—¡Ah! Pero mi francés, ¡no es poeta! Ni borracho. Sólo un maldito francés. Por los poetas malditos digo. ¿No?

—¡Pucha! ¡Te tocó uno malo!

—No, no es malo. Es lindo, sólo que demasiado libre, más libre de lo que yo pudiera ser.

—Los borrachos poetas son los mejores —dije—. O los peores, según cuales sean tus preferencias.

Andrea desvió su mirada, la que se había extraviado en una mesa vecina, para comentar al aire: —He conocido poetas borrachos…

—Pudo haber sido borracho, pero ese no es el problema.   Estaba tratando de decirlo en pocas palabras, pero no me funciona la síntesis.  Lo haré con muchas palabras —dijo Ximena y, tras sorber de su copa de tinto, reanudó su relato—.  Era nuestro trato, el ser libres, él como ciudadano del mundo y yo como una alada mujer.  Mientras él estaba acá, yo era de él y él era mío, después se iba, y yo dejaba de ser de él y él dejaba de ser mío.

Esa fue una de las mejores descripciones del, nunca tan bien ponderado, amante geográfico que jamás haya tenido la oportunidad de escuchar.  Dicho todo eso, si bien el referido estado civil aún no está tipificado en la ley, es un concepto ampliamente difundido fuera del marco jurídico, pero no siempre con el pleno conocimiento de todas las partes, pues muchos hombres suelen omitir el importante detalle del Consentimiento Informado.    Un    amante, compañero, esposo, amigo con ventaja, novio o pololo geográfico es aquél que cumple a cabalidad con sus obligaciones, deberes y responsabilidades mientras esté dentro de un radio variable, pero que suele ser de trescientos a quinientos kilómetros, de tu lugar de residencia.  Fuera de dicha área, se convierte por arte de magia en soltero geográfico.

—Y era cómodo y grato tener esa relación.  Yo no preguntaba.  Él no preguntaba.  Iba y venía, así durante tres años y medio.   Amaba su libertad —siguió contando Ximena.

—¡Un buen tiempo! —comenté.

—Un gran tiempo.

Tras un suspiro, Ximena prosiguió con su cuento:
—Y yo seguía libre, y él seguía libre, y me gustaba así. Porque le temo inconfesablemente a los compromisos.

Del recóndito fondo de mi memoria surgió un verso nostálgico, *"Homme libre, toujours, tu chériras la mer!"* Siempre *homme* y nunca *femme*. La eterna historia.

—Y el tiempo pasaba, y cada vez que él venía nos conocíamos, de nuevo. ¡Era genial! Y sin romper el trato, sin preguntas y sin compromisos.

—Pero, ¿qué pasó? —indagué.

—Y podíamos salir, viajar y soñar. Hasta que un día, en enero del año pasado, el muy condenado me dice que tiene que irse, que no volverá.

—¡Júuuuuuuralo! ¿Qué onda? ¿Qué te dijo? —espetó Andrea, expresando el sentir general de la concurrencia.

—Porque su proyecto ha terminado y Chile no le sirve para vivir. Me lo dijo un martes. El jueves nos vimos. El viernes se fue.

—¡Así de duro! —exclamé.

—Y en ese mismo momento, se me quebraron los esquemas y comencé a extrañarlo. Cosa que jamás había hecho antes.

—¿No lo seguiste por Gabriel Ignacio?

—Y, así es. No puedo irme con él. Bien sabes que el padre no ayuda en nada, así que soy la única responsable de mi niño. Recién cumplió los dieciocho, ¿sabes? No puedo abandonarlo. Además, François tampoco me preguntó. Él lo decidió solo, porque siempre pensó que yo era como él.

—Entonces se llama François —apostilló Paulina, mientras, con la mano derecha, de manera inconsciente, se tocaba un rizo de pelo sobre su hombro.

—¿Alada y libre? —dije.

—Y, así es. Lo era, alada y libre, hasta que él me dijo que no volvería. Fue extraño. Yo pensaba que no me importaba, o mejor dicho, me encantaba nuestra relación.

—¿Ahora te hace falta su ausencia? —preguntó incisivamente Paulina.

Ximena, impertérrita, persistió: —Y once meses lo extrañé, y lloré, y hasta escribí poemas. ¡Idioteces del amor! Hasta que hace unas tres semanas, lo veo sentado en mi *living*.

—¡Júuuuuuuralo! ¿Qué onda? —escupió Andrea por todas nosotras.

—Me acordé del viejo proverbio que reza así: *"Hombre que se va sin que lo echen, vuelve sin que lo llamen"* —declaró Paulina.

Ximena esbozó la sombra de una sonrisa irónica antes de retomar el hilo de su pensamiento: —¿Y saben qué fue lo primero que dije?

—¡No! —dije, innecesariamente, ante la pregunta retórica.

—"*¿Qué haces acá?*" Eso dije. No hubo abrazos. Ni besos. Ni bienvenidas.

—¡Fuerte lo tuyo!

—Y estaba sentado y me miraba con cara de no entender nada.

—¿Vino a verte? —inquirí.

—No. Vino al proyecto Alma, ese del observatorio. Le quedaba en el camino seguramente.

Andrea dejó escapar un muy sentido: —Ah…

Alzando los hombros, Ximena respondió irritada: —Eso fue un sarcasmo. En fin.

—Pero, ¿no habló nada contigo? ¿Qué te dijo?

—Y me dijo que iba a estar en Chile, en el Norte Grande por un tiempo, ya que venía a la supervisión del condenado proyecto, que seguramente iba a tener quizás algún tiempo y que podríamos vernos de nuevo.

—¿Qué te pasó cuando te dijo eso?

Ximena me miró fijamente a los ojos por largos segundos y dijo: —Vania, ¡él se despidió! Para siempre. ¿Por qué vuelve ahora con cara de idiota? Remeciendo todo lo que estaba enterrado, a decirme que si nos vemos. Ya no quiero su tiempo sobrante. Ya la pasé mal.

—¿Qué quieres de él?

—Y hubiese querido no verle, y no saber que está en Chile, no saber qué hace con su condenado tiempo y no saber que tiene un hijo de casi seis meses...

—¡Júuuuuuuralo! —gritó por tercera vez Andrea.

—Eso me vino a contar.

—¿Con alguien en Francia?

—¡Ojalá! No, a él también lo vino a conocer.

—¿Acá?

—¡Acá! Con una chilenita —tras un silencio, Ximena continuó con su relato—. Y ahí vienen las explicaciones, las mentiras, que sólo la vi tres veces, que no sé qué pasó, que nunca pensé, que no me puse el preservativo y bla bla blá...

Por primera vez en la conversación, Carolina salió de su mutismo e intervino: —Al muy huevón se lo cagaron de lo lindo y con el viejo truco de toda la vida. Esa dio un braguetazo de oro perfecto.

—Y no lo sé. La cosa es que tiene un hijo, la cosa es que se fue para siempre, la cosa es que lo extrañé y, si bien es cierto nunca hubo preguntas, me sentí traicionada.

—El amor es de dos, pero nunca falta una perra que no sabe contar —agregó Carolina.

—Yo no fui una blanca paloma. Lo admito, pero, jamás lo traicioné. La traición es romper un acuerdo entre dos adultos. Asimismo, sé que jamás hubo conversación alguna de ser algo más y yo tampoco esperaba ser algo más.

«Un acuerdo es un tipo de contrato verbal y, si se rompe, en la forma o en el fondo, pues sí, es una traición cuando la rotura carece manifiestamente de fundamento», pensé de manera automática.

—¿Por qué vino a verte? —indagué.

—Porque me lo quería contar. Porque estaba en Chile. ¡Qué sé yo!

—¿Por qué te lo quería contar?

—Y porque soy su chica de Chile seguramente. ¡No sé Vania! La cosa es que me ha roto mis esquemas, mis decisiones, mi trabajo de olvido, pero, juro que lo voy a olvidar, cueste con quien me acueste —dijo Ximena antes de levantar su copa de tinto y absorberse en ella. Sin nada más que decir, bebimos nuestro vino, ritualmente acompañándola en el gesto.

Y así fue como él había puesto tres puntos suspensivos a esa historia y ella borró dos.

Andrea, aprovechando el breve instante de silencio que siguió al callado brindis, empezó a contar su propia historia:

—Putas que se les da a los hombres esto de andar cocorocos. ¿Se han fijado? Es demasiado divertido observar y sufrir el joteo por doquier.

—Pues, ¡disfrútalo!, mira que es supertriste el día en el cual ya no te jotean —comentó Carolina.

—A mí me jotean mucho la verdad, pero yo, la muy pájara, estoy ahora muy enojada con un pelotudo adorable e histórico, entonces el joteo no me ha prendido todavía… ¡Mujercita tonta! —respondió Andrea.

—¿Qué te pasa con ese pelotudo adorable e histórico? —pregunté.

—Justo el personaje está de cumpleaños hoy. ¡Que se vaya a la conchasumadre! ¡Se perdió su regalo por huevón!

—Si igual te gustaría su *remember* —aseveró Ximena, saliendo del marasmo de su propio *remember interruptus*.

—No, para nada, si lo nuestro siempre fue platónico. Por muchas cosas, pero la de fondo, y base de todo, es que tiene terror de que le rompa el corazón, de nuevo la verdad, a sabiendas que yo soy su langosta kármica, y que no le voy a hacer daño, porque lo quiero mucho y porque las cosas cambian. ¿Qué hacer? Tiene miedo y yo me lateé con la huevada. Que se pase el cumpleaños con su señora madre, el muy gil

—explicó Andrea, antes de desinflarse en su silla con un suspiro eterno.

—Y... el miedo es un gran tema en los hombres de nuestra generación. La mayoría quedó castrada por la dictadura, me temo —aseguró Ximena—. Por eso mismo me busco extranjeros.

—Ciertamente es el miedo a perder a una amiga segura, a cambio de una pareja que puede que no funcione —precisó Paulina.

Carolina fue lapidaria y concisa: —Mamón.

—Mi abuelita decía que el mejor remedio casero para un amor platónico es una cogida homérica —opiné jocosamente.

—¿Y tú crees de verdad en el amor platónico? —indagó Ximena.

—No. No creo en el amor platónico. Ni en el amor a primera vista y menos en el amor conyugal. Ni siquiera creo en el amor a secas —respondí—. Creo en las relaciones entre personas. Esas que se construyen día a día, aunque a mí no me alcance la paciencia para eso.

Paulina me miró con compasión antes de enunciar: —Yo sí creo en el amor figúrate tú. Claro que todavía no lo he encontrado, pero estoy segura de que existe en alguna parte.

—Sí, claro que existe y es único. De seguro que el desgraciado que me toca está vivo y coleando. El lindo debe andar por allí de parranda... Supongo que cuando se aburra de la juerga llegará el día menos pensado —añadió Carolina.

Andrea se incorporó, retomando su cuerpo algo de turgencia, antes de volver a su cuento: —No, somos amigos seguros, ni siquiera frecuentes. Esta es una larguísima historia de encuentros y desencuentros, desde la infancia. El denominador común es amor en estado puro a perpetuidad. Es rara la huevada. Yo, ahora, sí me decidí y voy a optar por minos más imperfectos a lo mejor, pero que no me idealicen al punto de castrarse. Me aburrió la tontera del amor sublime, la dura… ¡Literalmente!

—Y mientras llega el indicado, disfruta de algún equivocado —recomendó Ximena, en otro vano intento de alegrar el ambiente.

—Triste la historia. Algo me habías hablado de esto hace tiempo. No sé, creo que no se debe buscar la perfección, sino que las imperfecciones del otro sean compatibles con las tuyas. Además, la perfección en el otro es inaguantable, insoportable, ¡invivible! —pensé en voz alta.

—Claro que es la misma interminable historia… Estoy de acuerdo contigo Vania, pero el muy gil no se atreve, tiene miedo de que la princesa se le convierta en bruja en el intento. Yo soy tan cobarde como él, pero este huevón la cagó, que se vaya a la conchasumadre. Igual lo quiero, aclaro, pero juro que voy a pescar a algún cortesano que me ande hueveando, porque el príncipe, ¡me tiene podrida!

—¿Por qué no se mojan el potito los hombres? —preguntó, a todas y a nadie, Carolina.

—A veces el que uno piensa que sí puede ser su príncipe azul en armadura de plata, termina siendo ¡un idiota envuelto en papel aluminio! —pontificó Paulina, con su daltonismo cognitivo en la mirada, perdida tras el velo del recuerdo de su príncipe de las tinieblas personal.

—Y el truco está en asfixiar al príncipe hasta que se vuelva azul —explicó, didácticamente, Ximena.

Con decisión intervine: —¡No! ¿Príncipes? ¡Olvídense de los príncipes! Yo busco lobos, porque un lobo feroz te ve mejor, te escucha mejor y, sobre todo, te come mejor.

—Hay, ¡qué amorosa! —retrucó Paulina—. ¡Un pulgoso lobo estepario es lo único que hallarás!

Después de la carcajada de rigor, Andrea prosiguió con su cuento: —Mira la huevada cómo es, el otro día salí con un tipo que me ronda hace tiempo. Buena conversa, alcohol, comida. Bien. Decido dar oportunidad y le digo *"nos veremos el sábado"*. Todo bien. Llego a la casa y me duermo feliz. Pero tuve un sueño terriblemente angustiante con el maldito adorable. Culpa otra vez y ganas de abrazarlo, por la puta madre. ¡Mi subconsciente es una mierda!

—Y... un subconsciente escatológico es difícil de sobrellevar —comentó, profesionalmente, Ximena.

—¡Obvio! Mira, mis botas son rojas, de cuero de cocodrilo, botones y tacones aguja. Son ideales para bailar tango. ¡Ay! Mi subconsciente otra vez. Fue mi abuelita quien me hizo ese presente inolvidable. Mi madre malvada se enfureció. Gasté como tres sesiones de psicoanálisis con el cuento ese. O sea, ¡con esa puta plata me hubiera comprado las botas más maracas del mundo!

Claro, un par de zapatos bailarines rojos, como en el cuento de Hans Christian Andersen, para que Andrea se pase el resto de su vida bailando y bailando esperando la redención de un ángel que no habrá de llegar nunca. Lo más grave del asunto es el recuerdo de Moira Shearer, esa flaca anoréxica, con el mortal rol de *prima ballerina* en la película *The Red Shoes*, pues no se condice en nada con la figura de mi amiga. Discretamente, miré mis propios zapatos nuevos preguntándome qué opinaría mi psicólogo de ellos. ¿Me atreveré a exponer el tema en sesión? Por lo menos, no eran rojos.

Paulina, miró a los ojos a cada una de nosotras en un movimiento de cabeza casi circular, levantó su copa de *Cabernet* del Valle de Apalta, e inició religiosamente el ritual: —Como estamos hablando del hombre de nuestras vidas, ¡un salud por mi papá! Ayer fue el cumpleaños de mi querido papá. El único hombre que he amado por toda la vida. Soy feliz de ser su hija, siempre me ha regaloneado y consentido en todo. Doy gracias a Dios por tener un padre como él, tan alegre, bonito, chistoso, responsable, cariñoso, regalón, molestoso, trabajador, ¡excelente en todo! Felices setenta años papito, aunque pareces de cincuenta y tengas una energía de treinta. Sólo pido que la vida me siga dando hermosos momentos de amor junto a ti. Te amo por siempre, tu hija regalona, tu clon.

Una cascada de copas chocando siguió a ese sentido brindis, acompañada de miradas directas a lo más hondo de las pupilas, por si acaso la maldición de los *siete años de mal sexo* era verdad (aunque nadie realmente crea en ella, no vale la pena tomar riesgos inútiles a estas alturas del partido), continuando con la desaparición de bastante buen vino tinto bajando al unísono por cinco gargantas femeninas.   Llamé al mesero, que estaba de lo más güeno, dicho sea de paso, y pedí otra ronda de copas mientras miraba fijamente sus dos luceros, con una sonrisa predatoria en la boca. Mi experta vista de águila siguió apreciativamente el garbo de su queque, cuyas bien definidas nalgas percibía bajo el pantalón negro propio de su oficio, mientras éste se perdía en el laberinto de las mesas del bar hasta que sólo pude divisar su blanca camisa alejarse como lo hace una vela atada a un mástil en un horizonte donde el cielo y el mar se hacen uno. ¡No estaría mal! No, no estaría nada de mal comerme a ese mesero pensé mientras escuchaba la música ambiental recordarme una canción de *Los Jaivas*.

> *¿Qué era el hombre?*
> *¿En qué parte de su conversación abierta,*
> *entre los almacenes y los silbidos,*
> *en cuál de sus movimientos metálicos,*
> *vivía lo indestructible,*
> *lo imperecedero,*
> *la vida?*

—¿Y algún hombre que te puedas tirar? —pregunté malévolamente para retomar la conversación.

—¡Ninguno! —respondió Paulina.

—¿Ninguno? Pero, si ya llevas más de diez años divorciada. Fuiste una de las primeras divorciadas de nuestro país y, para colmo, te diste el trabajo de pedir y obtener la nulidad eclesiástica, y nunca te hemos conocido un hombre que te haga tiquitiqui de vez en cuando.

—¿No estarás aún enamorada de tu ex? —inquirió Ximena.

—¿Volver con tu ex? Nooooo... ¡Con ese conchasumadre nunca! Figurita repetida no completa el álbum —opinó Andrea.

Paulina, con la misma cara de asco que hubiese puesto al descubrir una pareja de babosas hermafroditas fornicando en el fondo de su copa de *Cabernet*, respondió en un tono agrio: —¿Volver con "*ese*"? ¡*Nica*! Cada vez que lo veo, terminamos peleando. Ni siquiera sirve como proveedor. Por cierto, el otro día le estaba explicando la importancia de que le comprara un auto nuevo a los niños y que eso lo tenía que hacer él, pues era el padre de mis hijos, y la palabra patrimonio viene del latín *pater*, padre, por lo que era su responsabilidad, y le tocaba ponerse, y el muy huevón me miró con cara de, bueno, de huevón pues, se dio media vuelta y se fue sin decir nada. ¡Es un roto! Es un roto y un maricón. Eso. No es más que un gay reprimido, de esos que no es que no hayan salido del clóset, sino que aún no han entrado. De esos que son tan maricones que ni se atreven a entrar al clóset. No sólo no se atreven a entrar, sino que ni siquiera se permiten pensarlo. ¡Así de maricón es! Tan maricón que nunca estaba en casa. Se la pasaba en la pega o estudiando. ¡O eso decía! Yo vivía sola, así que... ¡me divorcié!

—Es lo que te tocó vivir —murmuró Andrea.

—He de decir que notoriamente no te contenía —comentó Ximena— pues no te ayudaba ni con la casa ni con los niños ni estaba presente.

Carolina agregó: —No corresponde. ¿Qué se ha creído el desgraciado?

—Pero, lógico... ¿Qué se ha creído? Muchas vidas, muchos maestros. A todo esto, ¿cómo está tu papá? —preguntó Ximena.

—Él está muy bien. Algo enojado conmigo, pero ya se le pasará. Está que casi no ve, especialmente de noche, por lo que es un peligro al volante. Además, ya no escucha las marchas, pero como es porfiado le da por querer usar cambio manual, así que con mi madre, complotamos y le escondimos las llaves del auto. Se había engrupido al médico de la Municipalidad para que le diera el permiso de manejar hasta los ochenta años, por lo que no nos quedó otro remedio. Supongo que en un par de meses dejará de insultarme cada vez que hablo con él.

—¡¿Qué chucha?! —grité—. ¡Tinto!

¡Estaba bañada en vino tinto! ¡Estilando! A mi derecha se encontraba parado el australopiteco del mozo, rígido como palo de escoba, con cara de compungido el muy huevón, balbuceando algo así como:

—Lo siento... lo siento... lo siento...

Como en cámara lenta, escuché a mis amigas desencajarse las mandíbulas de la risa. Contemplé a la bestia antropomorfa que fungía de mozo tomar el mismo tono de rojo de la muleta de un torero. Oteé al animal agacharse a recoger los trozos brillantes de filosos guijarros desperdigados alrededor de mis piececitos de niña, azulosos de vino. El muy bruto, transformado en el niño símbolo de la mansedumbre, con sus manos cosechó uno a uno los centellantes trozos del caleidoscopio de estrepitosas carcajadas que me rodeaban. Terminó su labor con singular rapidez y huyó, a buscar otras copas.

—Cortesía de la casa —alcancé a escuchar.

Una asesina mirada circular bastó para que las huevonas muertas de la risa volvieran a someterse a la entrañable costumbre de respirar.

—¡Le aplaudiré la cara! Peor... ¡Lo demandaré! ¡A él y al local! ¡Uds. son testigos! Lo demandaré por daños y perjuicios. Por atentado a mi honra. Los tendré desfilando por tribunales hasta después del día del Juicio Final. ¡Ya verán! ¡Lo juro! —amenacé furibunda, antes de procurar retomar mi aire.

Mientras trataba de secarme con las servilletas de papel, en un vano intento de salvar mi malhadada dignidad, el momento de silencio se alargó, hasta volverse incómodo, por lo que Carolina, mirando en derredor suyo, dijo:

—Creo que me toca hablar de mi cuento, del hombre de mi vida, salvo que no tengo, pues todavía estoy sola, ¡chócala Paulina!, y los padres de mis hijas no cuentan para estos efectos, ¡ni para ninguno! Creo que a estas alturas del partido ya no busco al hombre de mi vida... ¡pues, a fin de cuentas, no creo que exista! Y... más que al hombre de mi vida, busco a la nana de mi vida.

—¡Sí! ¡Yo también busco a la nana de mi vida! —gritó Andrea, en el medio de la catarsis grupal.

Claro, la *supernana* para la *superwoman*, pues mi querida amiga Carolina presentaba todos los síntomas y signos de dicha patología, siendo un excelente caso de referencia. Esta condición representa al inalcanzable ideal de la mujer cuarentona chilena de ser la profesional más exitosa, más que cualquier hombre y, sobre todo, que cualquier otra mujer, la madre más protectora y castradora posible, la mina más estupenda, con el cuerpo perfecto, siempre bien vestida, maquillada y peinada, y la dueña de una casa siempre impecable. El cómo se logra hacer todo lo anterior en las veinticuatro horas del día es un gran misterio y suele ser un secreto celosamente guardado, tanto en los hechos como en el derecho. En su afán absolutista, categórico y competitivo de lograr ser la mejor *superwoman* de su círculo de rivales, asimismo conocidas como amigas, las cuarentonas suelen olvidarse de ser las amantes de sus maridos, si es que todavía tienen, pues no hay fuerzas que alcancen, pero estos, al no estar sujetos al jueguito, tienen el tiempo y la disposición como para dedicarse a huevear, generalmente con una o más veinteañeras. Si la *superwoman* no supera esta etapa antes de los cincuenta años, ésta se convierte en una patología crónica e incurable.

El ruido de fondo de conversaciones en el bar Pub Licity®, ubicado en la esquina de El Bosque Norte con San Sebastián, fue haciéndose más espeso, hasta ocupar todo el espacio alrededor mío.

—Y... Campanita se vestía de verde, ¿sabías? La de Peter Pan —estaba contando Ximena—. Campanita es una hada, eternamente niña, pero mágica, pues tiene alas y puede volar, siendo la enamorada de Peter Pan de toda la vida. Y... Campanita es fiel, leal, pero celosa, aunque, como sabe amar, renuncia al condenado para que éste sea feliz y deja que el muy huevón se enamore de la primera Wendy venida, y hasta los ayuda para que estén juntos, porque llega a ser gansa de buena. Duendecita alada, triste, siempre revoloteando alrededor de su amado Peter Pan, viendo cómo una Wendy cualquiera se lo come, cuando la de los polvos mágicos, de esos que hacen volar a los hombres, es ella. Triste lo suyo.

Carolina, quien efectivamente vestía de verde, el color de la esperanza, gritó: —¡No! ¡No soy Campanita! ¡No quiero ser Campanita! Yo necesito un mino que me dé protección y que me dé todo lo que me merezco y que la vida me ha quitado. No me siento protegida. Estoy sola, con mis dos hijas, sin nadie que me ayude. Y los dos padres se fueron, ambos desgraciados diciendo que soy una bruja. Pero, no soy bruja porque sea bruja. Sólo que me gustan las cosas bien ordenadas. ¡No sé! Todo pasa por algo...

—¿Por huevona por ejemplo? —sugirió Ximena.

—Complicado lo veo —dije—, porque tú bien sabes que a los hombres no les gusta verla a una tan carreteada y menos mantener hijos de otros huevones, así que con dos hijas de dos padres distintos te va a costar mucho encontrar a un tercer mino para que te proteja.

—Yo me merezco un mino para mí, y el que quiera a la vaca, debe querer a las terneras. Así no más es la cuestión —dictaminó Carolina, muy a pesar de las evidencias empíricas.

—¿Y para qué quieres un mino que te proteja? —pregunté—. Porque a mí, ¡no me hace falta! Vieras tú cómo me protejo de lo más bien solita.

Paulina saltó en su silla con la sequedad de un monosílabo: —¿Qué?

—No. Yo no necesito un mino que me proteja. Para eso tengo a los abogados de mi bufete. Estarán especializados en adquisiciones, *mergers* y comercio internacional, pero para unas simples demandas civiles igual salvan. Yo, los minos, los uso para otros fines, digamos, fines recreativos.

Ante la cara de incomprensión, repulsión y asco de mis amigas me sentí obligada a explicar mi posición con sólidos argumentos.

—Miren, es un hecho de la causa que los hombres en Chile confunden al útero con una vagina, o al revés, porque lo que buscan es una mujer fuerte que los mande, dirija, diga qué ampolleta cambiar y que esté para abrazarlos, cobijarlos y cuidarlos. ¡Yo no estoy para eso! No necesito a un niño en casa para mandatarlo a hacer las cosas que me dan lata hacer, como llevar el auto al mecánico, pues es más simple pagarle a alguien para que lo haga, sin necesidad de decirle después lo bien que lo hizo y atenderlo todo el día para que se sienta importante y útil. No tengo tiempo y menos ganas para eso. Así de simple.

—Pero... ¿No necesitas un cariñito de vez en cuando? —preguntó Andrea.

—Elabore —manifestó Ximena.

—¡Claro que sí! Es más, y lo reconozco hidalgamente, ¡soy picodependiente! —Esperé a que la carcajada general amainara, y proseguí—. Pero de minos para tirar, ¡está lleno! No es necesario mandarlos a buscar con apercibimiento judicial ni mucho menos. ¿Saben en qué se parecen las pizzas a los hombres? Basta llamar por teléfono y a los treinta minutos los tienes calientes en tu puerta. Además, te aburres de uno y siempre habrá un clavo que saque a otro. Así ya no me preocupo de si tiene pega, plata, apellidos, cartones, cultura, pergaminos, conversación, etc. No me interesa que sepa dónde queda Macondo. Me basta con que tenga un buen instrumento y domine el cómo usarlo, y ¡listo! Lo demás es opcional, y bienvenido, pero no es un requisito. Yo no quiero una relación. Yo quiero tener relaciones.

Paulina me miró con una cara de incredulidad y preguntó: —¿No los presentas a tus padres?

—¡Claro que no! Mis padres son conservadores. Muy conservadores. Digamos que tienen un problema con mi soltería, pues aún no les he dado nietos, a mi edad. De hecho, hace como tres meses que estamos peleados. ¡Una soberana lata!

—¿Qué pasó? —indagó Ximena.

—Mira, creo que les debe molestar que siempre llegue sola a las fiestas o fines de semana en el campo con la familia, así que mi padre se metió a revisar la cartera. ¡Mi cartera! Debe de haber pensado que soy lesbiana y buscaba la foto de la mina. ¿Qué sé yo? Evidentemente, el viejo encontró la caja de condones sin la cual no salgo ni a la esquina y me armó un escándalo mayúsculo. ¡Me trató de prostituta! ¡Por tres malditos condones! Le grité que si prefería que anduviese sin profilácticos, di un portazo y me fui de su casa. ¡Una soberana lata! ¡Mi cartera! Está viejo como para saber que el bolso de una mujer es un mundo privado, lleno de secretos, más profundos que su propia alma. Es más, ¡la cartera de una mujer es su alma hecha materia! ¡Es su alma corporizada! Nunca, pero nunca, meterse en la cartera de una mujer sin atenerse a las consecuencias. ¿Cómo mierda se le ocurre meterse en la mía? ¡Mi cartera!

—"*O son putas o son señoritas*" —dijo Paulina, recordando el proverbio tantas veces enunciado por todas nuestras Santas Madres, mientras que, en un acto reflejo, mis amigas verificaban los ganchos de amarre bajo nuestra mesa asegurando sus respectivas carteras, porque ninguna jamás las pondría en el suelo, entre sus pies, pues eso es llamar a la pobreza.

—No. Ni prostituta ni señorita. Soy una mujer moderna, ni más ni menos, así que esas visiones maniqueístas medievales, pues, ya saben lo que pueden hacer con ellas. Tengo algunas sugerencias anatómicamente dificultosas para Uds., por si les interesa. Mi refrán preferido es: "*Soltera sí, pero sola jamás*".

Paulina, arreglándose el pelo con la mano, retrucó:

—"*Más vale sola que mal acompañada*".

Justo en ese preciso momento, mi celular emitió un sonido parecido al de un pollito que están pisando, dándome una excelente excusa como para cambiar el tema y ponerme a leer el mensaje de Gonzalo, cortesía de Telegram[LLP], que rezaba así: "*Necesito que me des tu respuesta a mi proposición de matrimonio. Te amo de verdad Vania. A tu edad, debiera darte miedo perderme y perder la oportunidad de ser felices juntos*".

—¡¿Miedo a perderte?! ¡Ni que fueras mi celular! —grité, estupefacta.

# El canario.

`PERFORM JOB-01-KEEP THROUGH JOB-99-EXIT.`

> *Detrás de las paredes*
> *que ayer te han levantado*
> *te ruego que respires todavía.*
> *Sui Generis, Rasguña las piedras*

E l 1ro de julio caía un miércoles. Entonces, lógicamente, aunque de manera inhabitual, Kurtzinski organizó su despedida un martes en la tarde. El lunes previo había ido a la sucursal más cercana de Los Alpes® 3 para hacer su pedido, de modo que éste llegó a las 18:00 Hrs. Fueron empanadas chicas, mitad de jamón-queso, mitad de camarón-queso, y cervezas artesanales, porque estaban en promoción. Cuatro *six packs* para quince personas era un poco justo, pero la ocasión no daba para más. Sólo era la despedida de un Subgerente Operacional4 desvinculado por razones del negocio, llamadas reducción de costos por algunos o aumento del margen bruto por otros. La secretaria instaló el *cocktail* en la sala de reuniones de la unidad, ubicada en el segundo subterráneo del Banco; un cuarto rectangular con la sempiterna pizarra acrílica blanca para plumón en una

---

3 Nota del Editor: Cadena nacional de *delicatessen*, con varias sucursales en el centro de Santiago de Chile.

4 Nota del Editor: Ejecutivo, de segundo nivel y categoría, con un foco eminentemente técnico, encargado de supervisar la operación de una determinada área de la organización, mas no de participar en la toma de decisiones estratégicas. Suele funcionar como fusible.

pared y el diagrama de Gantt[5] de los proyectos, todo rayado con anotaciones y cambios, en la otra. En el piso, de cuadrados claros y oscuros de linóleo, como escaques, la luz neón reflejada por las paredes blancas rebotaba duramente, bañando todo en la fría artificialidad propia de los tubos fluorescentes del techo. Un joven Jefe de Proyecto, un flaco alto y pelucón, pretextó la enfermedad de su guagua, bronquitis según parece, para retirarse después de los quince minutos de rigor, siendo el primero en hacer su jugada. Las vacaciones de invierno estaban a la vuelta de la esquina, por lo que la gran mayoría de los presentes querían terminar sus tareas a tiempo y así no perderse una semana lejos, no importaba dónde; simplemente, lejos. La conversación era lenta y las palabras mismas fluían pegajosas como nieve sucia bajo las suelas de unos borceguís. El rito de la despedida finalizó muy pronto.

A las 19:33 Hrs todo había terminado. Pocos minutos después, Kurtzinski salió por la puerta principal del Banco con una caja de cartón en brazos. Los pocos objetos personales que mantenía en su oficina no pesaban mucho; una foto de cierto almuerzo de fin de año de las jefaturas, un galvano conmemorativo, de latón tipo bronce, por alcanzar una meta de productividad, la indispensable calculadora hexadecimal, una placa acrílica designándolo como el campeón de uno de los torneos de ajedrez del Banco, una taza de café marca STARBUCKS®, la foto encuadrada en un marco de plata fina de una bellísima

---

[5] Nota del Editor: Un diagrama de Gantt es una herramienta gráfica cuyo objetivo es exponer el tiempo de dedicación previsto para las diferentes tareas o actividades de uno o varios proyectos a lo largo de un tiempo total determinado, pero sin indicar las relaciones existentes entre ellas.

rubia de ojos azules abrazándolo con el obelisco de la 9 de Julio en segundo plano, un *mousepad* con el isologo de Microsoft® MVP[6] y otros cachivaches similares, sin olvidar su mimado bonsái de *Ficus benghalensis*, del clásico estilo *chokkan*[7]; completamente formal, de tronco recto y vertical, ramas en triángulo escaleno, raíces grandes, visibles y sin piedra en el contenedor.

Una Jefa de Departamento lo había acompañado hasta la calle. Nunca habían hablado de nada personal. Un par de veces se había masturbado en el baño de la oficina imaginando su figura desnuda, arrodillada, practicándole una felación. Probablemente, ella pensaba que lo reemplazaría en el puesto. No habría de ser así, pues Juan heredaría su pega, pero ni el cargo ni el sueldo. De los cuarenta y siete programadores de su equipo de trabajo, Juan era el único con ciertas capacidades de gestión y suficientes habilidades políticas como para navegar en las inciertas aguas de los pasillos del poder en el Banco sin ahogarse en el proceso. En una semana más se anunciaría la reorganización, quedando la Subgerencia reducida a un simple Departamento en el organigrama. Por lo tanto, postularse extraoficialmente era una mala movida para ella en esta encrucijada.

---

[6] Nota del Editor: El programa *Microsoft Most Valuable Professional* (MVP) es un premio otorgado por la compañía a los líderes más valiosos en las comunidades, destacados como reconocimiento a su labor voluntaria en compartir su conocimientos y en proveer respuestas correctas y desinteresadas a preguntas técnicas sobre productos y tecnologías de Microsoft®, en foros, *blogs*, grupos de noticias y comunidades públicas.

[7] Nota del Editor: 直幹, literalmente en japonés, "tronco en posición vertical".

Trató de abrazarla para despedirse, pero la caja de cartón se interpuso. Entonces, recurrió a la sonrisa que llevaba semanas practicando en el interior de sí mismo para usarla con todo el mundo en su despedida. Mientras sacaba las llaves del auto de su cartera, ella prometió llamarlo para juntarse a tomar un café en el Centro, o algo así, antes de encaminarse hacia la entrada del estacionamiento subterráneo. *«Debí de haberle regalado el Ficus»*, pensó, demasiado tarde.

Kurtzinski mismo le propuso la reorganización a su jefe, Adolfo Scheibe. Ambas familias llevaban tres generaciones de estrecha amistad, por lo que él siempre había sido protegido, en la medida de lo posible. Pero, no existía un puesto paralelo disponible para el cual tuviese las competencias y habilidades requeridas, sin contar con que todas las gerencias del Banco las ocupaban hijos, sobrinos o amigos de la congregación o del colegio del dueño, o de sus hijos, por lo cual un ascenso no estaba, ni nunca estuvo, en las cartas. La otra opción real para reducir los costos operacionales era de despedir a cinco programadores, un diez por ciento del equipo en la práctica.

Dejar a la unidad diezmada, escuálida y macilenta, reducida a cuarenta y dos desarrolladores no era la respuesta al problema, a la pregunta, ni a nada de nada. Peor aún, el verdadero desafío consistía en que se mantenía la misma carga de trabajo para su gente, pues la SBIF[8] nunca se cansaba de mandar boletines con cambios obligatorios, ni los, muy hipotéticamente, honorables de legislar aportando su

---

[8] Nota del Editor: La Superintendencia de Bancos e Instituciones Financieras (SBIF) es la organización del Estado de Chile encargada de fiscalizar a los bancos de la plaza.

cuota de modificaciones, sin contar con los de *marketing* que siempre pedían cosas nuevas, no siempre factibles, pero muchas veces inevitables. Como un odiado río torrentoso, incesantes, imparables, persistentes, llegaban cambios y más cambios que debían hacerse día tras día, *ad eternum*, al *Core Banking*[9], el corazón informático del Banco, y en plazos perentorios, muchas veces indicados por Ley, bajo amenaza de todas las penas del Infierno y algunas más. *Dura lex, sed lex*. No cabía posibilidad alguna de escape, huida o fuga, bajo la severa supervisión de la encarnación local del Rey Minos, quien atento juzgaba y condenaba, en este Tártaro moderno, a los malaventurados infractores a los tres grandes objetivos: realizar cada una de las modificaciones dentro del presupuesto asignado, en el tiempo comprometido y con la calidad especificada. Evidentemente, cada cambio era una tarea titánica, pero a diferencia de los trabajos de Heracles, estos no tenían fin.

El prehistórico *Core* había sido escrito en el sibilino COBOL[10] a principios de los 80s, para

---

[9] Nota del Editor: Un Núcleo Bancario (i.e. *Core Banking*) es un sistema centralizado en la trastienda (i.e. *back-end*) que procesa las transacciones bancarias diarias, actualizaciones de cuentas y otros registros financieros de los clientes del banco, los cuales suelen incluir depósitos, préstamos y capacidades de procesamiento de créditos, con interfaces a los sistemas de contabilidad general y herramientas para la generación de reportes.

[10] Nota del Editor: COBOL, acrónimo de *COmmon Business-Oriented Language,* es un lenguaje, imperativo y procedural, orientado a los negocios, especificado en la primavera boreal de 1959 en la *Conference on Data Systems Languages* (CODASYL) por la Vicealmirante norteamericana Grace Murray Hopper (9 de diciembre de 1906 - 1 de enero de 1992), cuyo último estándar es el ISO/IEC 1989:2014.

reemplazar al aún más antediluviano SAFE[11], desarrollado nada menos que en lenguaje de máquina. Más de tres millones de líneas de programa, código espagueti[12] en su mayor parte, prácticamente sin documentación, codificadas por personas todas jubiladas, si no muertas, es una pesada carga que empujar montaña arriba, hora tras hora, todos los días, como una condena sin fin. *"Más enredado que pelea de pulpos en mata de huiros*[13]*"* decía uno de los jóvenes programadores a quienes tuvieron que enseñarle COBOL, pues ese lenguaje ahora ni se menciona en las Universidades. Bueno, ni siquiera enseñan algo tan básico como C[14] hoy en día. Ni lo que es un *two phase*

---

[11] Nota del Editor: El Sistema de Aplicaciones Financieras En Línea (SAFE) fue desarrollado en 1975 en un esfuerzo cooperativo conjunto de varias organizaciones IBM de América Latina, inicialmente para terminales de cajero IBM 3600, siendo posteriormente migrado a los más modernos IBM 4700, para ser el primer sistema bancario en línea de la región.

[12] Nota del Editor: El código espagueti es un término peyorativo para los programas de computación que tienen una estructura de control de flujo compleja e incomprensible. Su nombre deriva del hecho que este tipo de código parece asemejarse a un plato de espaguetis, es decir, un montón de hilos intrincados y anudados (Fuente Wikipedia).

[13] Nota del Editor: Huiro, del quechua *wiru*, 'tallo dulce del maíz', es el nombre común del sargazo gigante (*Macrocystis pyrifera*), un alga marina bentónica de color pardo rojizo que alcanza alturas de hasta 40 metros y forma bosques submarinos, distribuida en todo el Pacífico desde Alaska hasta el sur de Chile, Australia y Nueva Zelandia, pero sólo en aguas frías, muy frías o recontra frías.

[14] Nota del Editor: C es un lenguaje de propósito general, imperativo, procedural, estructurado y recursivo, orientado a la programación de sistemas desarrollado por Dennis MacAlistair Ritchie (9 de septiembre de 1941 - 12 de octubre de 2011) durante los años 1969 y 1973 en los AT&T Bell Labs, cuyo último estándar es el ISO/IEC 9899:2011.

---

*commit*[15]. Así que se les contrataba primero y se les adiestraba después, para que se olvidaran *in sæcula sæculorum* de todo lo que sabían. Muchos, los más inteligentes, no aguantaban, renunciaban y huían despavoridos hacia otros parajes más azules. Además, una cosa era encontrar dónde y cómo reescribir el código y otra, completamente distinta, era asegurarse de que ese pequeño cambio no rompiera nada ni que otra parte del espagueti dejara de funcionar debidamente producto de la modificación, por minúsculo que éste haya sido. Se hacía cuesta arriba validar y probar todos los cambios y se perdía mucho más tiempo en eso que en codificar. *Quality Assurance* le decían. Más bien era la prescripción para una lenta muerte por aburrimiento terminal.

Varios cientos conformaban la cartera de cambios pendientes del Banco, bajo responsabilidad de Kurtzinski. En promedio, terminaban de hacer un cambio y llegaba otro a reemplazarlo. Una **M/M/c**[16] perfecta. Por lo menos había logrado mantener el **c** constante un poco más. Tarde o temprano no lograría alcanzar las metas, terminaría siendo el culpable para el Banco y sería desvinculado de todas maneras. Con la reorganización había podido negociar bien su salida. *Enroque largo.*

---

[15] Nota del Editor: Un *two phase commit protocol* (2PC) es un algoritmo distribuido que permite a todos los nodos de un sistema distribuido ponerse de acuerdo para hacer *commit* a una transacción.

[16] Nota del Editor: En la Teoría de Colas, usando la notación de Kendall, una cola M/M/c representa el largo de una cola en un sistema con c servidores, en el cual las llegadas están determinadas por una distribución de Poisson y el tiempo de servicio por una distribución exponencial.

En un inicio, su jefe no lo había entendido. Kurtzinski y su gente practicaban un arte casi olvidado y completamente obsoleto. Buenas eran las razones por las cuales nadie actualmente enseñaba COBOL. Principalmente, porque no se escribía nada en ese lenguaje, prefiriéndose otros más modernos y, por lo tanto, mucho más productivos. Pero, el Banco todavía tenía su *Core* prehistórico, y había que mantenerlo andando, o por lo menos arrastrándose, cueste lo que cueste, hasta que alguien más arriba decida cambiarlo por un *Core* moderno, uno *World Class*, pero para eso faltaba mucho tiempo y, sobre todo, muchos dólares para comprar el sistema y al ejército de indios que vendría a implantarlo. Por eso el Banco había sido generoso. Muy generoso. Seguiría pagando la AFP[17], la ISAPRE[18] y, especialmente, el excelente Seguro de Vida a todo evento, por tres meses más de lo estipulado legalmente.

Kurtzinski tendría que conseguir trabajo en dicho lapso de tiempo. Algo muy difícil *per se*, porque ese era el único *Core* bancario en COBOL aún existente en el país y uno de los pocos sobrevivientes en el mundo. Después de los cincuenta años encontrar trabajo para un ingeniero informático es una labor hercúlea, a menos que éste se haya reconvertido a otra área, usualmente de gestión o administración. Él no lo había hecho. Toda su vida siguió haciendo lo que sabía hacer bien; arquitecturar, diseñar y programar sistemas, pero

---

[17] Nota del Editor: Administradora de Fondos de Pensiones (AFP), una institución financiera privada encargada de administrar los fondos y ahorros de pensiones del sistema creado en Chile en 1980.

[18] Nota del Editor: Institución de Salud Previsional (ISAPRE), una institución financiera del sistema privado de seguros de salud creado en Chile en 1981.

eso parecía ser insuficiente hoy en día. ¿Quizás debió haberse dedicado a calcular y construir puentes como gran parte de sus compañeros de Universidad? Pero no lo hizo, porque odiaba eso de andar sudando a pleno sol, subiendo y bajando cerros, mirando ríos perdidos en el medio de la nada, arriesgando romperse el espinazo. Ahora tocaba pagar la cuenta por esa decisión. Solía pensar que la experiencia sería valorada con el tiempo, pero los majaderos hechos demostraron su error.

¿Para qué *Scheiße* servía el libre albedrío sino para equivocarse?

En Chile, la experiencia profesional no se valora, especialmente en computación. La sabiduría aún menos. Kurtzinski se había acordado de John Lucas[19] y de su demostración, matemática *of course*, de que el libre albedrío existe, y se pasó varios días maldiciéndolo por eso. En cada decisión, en cada paso, en cada gesto, una maldición callada surcaba su mente. Se convirtió en un maldecidor secuencial.

Básicamente, Lucas había postulado que para cada ser humano **h** existe al menos, por determinismo, un sistema lógico **L(h)** que predice consistentemente las acciones de **h** en todas las circunstancias. Para cada sistema lógico **L**, un matemático con las suficientes habilidades y, de ser necesario, una buena computadora, puede construir algunos predicados **T(L)** que son verdaderos pero no demostrables dentro de **L**,

---

[19] Nota del Editor: John Randolph Lucas FBA (18 June 1929) es un filósofo británico famoso por usar la lógica para lograr importantes avances en la teoría del libre albedrío y de la causalidad en el espaciotiempo.

según se desprende del primer teorema de Gödel[20]. Ahora, si un humano **m** es un matemático con las suficientes habilidades y, de ser necesario, una buena computadora, y éste humano **m** recibe un sistema lógico **L(m)**, entonces puede construir algunos predicados **T(L(m))** y probar que son verdaderos, lo que el sistema lógico **L(m)** no puede hacer por sí solo, de lo que se deduce que el sistema lógico **L(m)** no puede predecir al humano **m** en todas las circunstancias, por lo que **m** tiene entonces libre albedrío. Como es bastante implausible que la diferencia cualitativa entre un matemático dedicado a la lógica y el resto de la población humana sea de tal magnitud que estos últimos no gocen de libre albedrío mientras que los primeros sí lo hagan, entonces hasta los más básicos de los humanos gozan de dicha libertad, un auténtico don divino, lo cual era ahora usado por Kurtzinsky como maldecidor empedernido. Habría seguido por esa senda, de callada injuria en silenciosa imprecación, hasta el fin del universo de no ser por otro filósofo.

Gödel lo salvó. Más bien, el segundo Teorema de Incompletitud de Gödel lo salvó de seguir maldiciendo a Lucas hasta el fin de los tiempos o su muerte, lo que suceda antes. Dicho teorema reza que, a la luz de lo que sabemos, dentro de cualquier sistema lógico dado, existen predicados que son verdaderos pero que no pueden ser probados como tales. Si la consistencia de los predicados no puede ser probada dentro del

---

[20] Nota del Editor: Kurt Friedrich Gödel (28 de abril de 1906 Brünn, Imperio austrohúngaro, actual República Checa — 14 de enero de 1978, Princeton, Estados Unidos) fue un lógico, matemático y filósofo, considerado como uno de los tres más importantes lógicos de todos los tiempos.

sistema lógico, ¿cómo podía él, así solo, no equivocarse? Aliviado, dejó de maldecir. Sin embargo, el problema era otro ahora, pues entendía en su total plenitud que vivía dentro, y no podía hacer otra cosa que vivir dentro, de un sistema lógico no congruente, es decir, absurdo. ¿Cómo no va a ser absurdo vivir dentro de un sistema del que no puedas probar si es consistente o no? «*La vida no puede ser tan absurda*», pensó amargamente. Por eso que la solución al problema existía y era única; fue la reorganización, aunque su jefe no la dedujo al inicio. *Jaque mate.*

Absorto en sus pensamientos no se percató de dónde lo llevaron sus pasos, pues se pasó tres cuadras por el Paseo Ahumada sin siquiera notarlo. Se paró, sonrió y dio una media vuelta. En su permanente cambio, los tonos y velocidades de los ruidos lo envolvían, ascendían vertiginosamente y caían de pronto paralizados. Las alteraciones también envolvían a Kurtzinski en un juego de rayas y líneas verticales y horizontales que, por el movimiento mismo, tendía hacia diversas direcciones en el seno de la impermanencia del tiempo. Naturalmente, siguió la línea paralela al rumbo de la calle, formada por la interfaz de contacto de las baldosas del piso de dos colores distintos. La línea geométrica y horizontal es un ente invisible que combina tensión y dirección. Es la forma más limpia de la infinita y fría posibilidad de movimiento. Simplemente, es la traza que deja el hombre al moverse y es, por lo tanto, su producto. Por eso, siempre seguía la línea recta al ser ésta la sucesión de momentos transitorios que forman su tiempo en movimiento de un extremo al otro en una infinita sucesión de puntos, siempre y cuando no se encontrara en un espacio no isotrópico[21], claro está. Apenas alcanzó a caminar unos pocos pasos antes de tropezarse frente a frente con un gran punto en el plano de la calle, con el origen de su tensión, con la forma de una redonda tapa de cámara desalineada. No podía evitar la sensación de angustia que le producía. Le parecía muy bien que una tapa de cámara, cuadrada, rectangular o circular, en el carril de una línea de baldosas bicolores mantenga la misma línea. Era justo y razonable. Sin embargo, el ciclo de vida de dichas cubiertas hacía que tarde o temprano se les levantara y volviera a poner en su lugar una vez los trabajos en la cámara hayan sido completados. Era la razón misma de la existencia de las cámaras subterráneas.

Pero, en aquella actitud tan propia de un país subdesarrollado como el nuestro, muchas veces los obreros responsables carecían de la tenacidad necesaria como para alinear exactamente la tapa de la cámara, dejando la porción de la línea de la cubierta desalineada con respecto a la línea del plano.

Eso era angustiante. Estresante. Perturbador. Eso estaba mal. Muy mal. Le parecía como una nota en falso, como una indicación de que el universo no funcionaba correctamente, como la prueba fehaciente del inevitable avance de la entropía y de la corrupción

---

[21] Nota del Editor: Un espacio no isotrópico, o mejor dicho un espacio anisotrópico, es un espacio en el cual ciertas magnitudes vectoriales conmensurables dan resultados distintos según la dirección escogida para dicha medida.

del orden prístino de la geometría, como un *bug*[22] en un programa, como una translocación de nucleótidos en el proceso de replicación del ADN. Cuidadosamente, procurando no pisarla, rodeó la tapa de cámara desalineada como si fuese obra del mismo Demonio y prosiguió su camino intentando, en vano afán, olvidar el percance.

Con su caja de cartón por delante llegó caminando al apartamento de dos ambientes que arrendaba a tres calles del trabajo, su templo del orden, por fin fuera de la *rat race*[23]. El canario lo increpó desde detrás de sus barrotes con esos chillidos agudos que pasaban por canto. Lo hacía siempre cuando regresaba a casa de la oficina, a la hora que sea, exigiendo así las semillas de cáñamo de las cuales se alimentaba. Kurtzinski se preguntó si esa bola de plumas amarillas era feliz en su jaula. Parecía serlo, porque cuando abría la puertecita para cambiar el agua y poner comida, jamás había intentado huir. Nunca una veleidad de escape. Ni tan sólo un atisbo de vuelo fuera de la prisión. ¿Sería por el THC[24] residual de las

---

[22] Nota del Editor: Un *bug*, del inglés "bicho", insecto, es un error o fallo en un programa de computadora o sistema de *software* que desencadena un resultado indeseado. Según cuenta la leyenda, la etimología deriva de una polilla pegada en el Relay #70, Panel F, de un Harvard Mark II cuya remoción en 1946, en un acto reflejo de limpieza propio a su género, por la Vicealmirante norteamericana Grace Murray Hopper (9 de diciembre de 1906 — 1 de enero de 1992) permitió la ejecución correcta de un *software*.

[23] Nota del Editor: Un *rat race*, es decir en inglés, una "carrera de ratas", es un ejercicio inútil, sin fin, que evoca los esfuerzos fútiles de una rata de laboratorio tratando de escapar de un laberinto, como la búsqueda de una promoción o de un ascenso, por ejemplo.

[24] Nota del Editor: El tetrahidrocannabinol (THC), también conocido como delta-9-tetrahidrocannabinol (Δ9-THC), es el principal constituyente psicoactivo de la marihuana (i.e. *Cannabis sativa*).

---

semillas? Sacó el *Ficus* de la caja de cartón y lo puso sobre el mueble integrado entre la cocina y el *living*, casi al borde, de manera que parecía un árbol en precipicio. Tomó la caja con un gesto fluido y botó todo lo que contenía dentro del basurero. Puso nuevamente la planta dentro de la caja de cartón vacía y encendió su vicio. El humo del cigarrillo ascendió recto, formando una línea parecida a la que traza la cuerda de un mago hindú.

La bola amarilla seguía chillando, así que abrió la puertecita metálica, tomó al amasijo de plumas en su puño derecho para llevarlo a la cocina, donde volvió a encerrarlo en el horno microondas que puso tres minutos al máximo. Observó el esplendente batir de alas del ave entrando al averno. Terminada la cocción, botó el pájaro a la basura.

Abrió el refrigerador, sacó una lata de cerveza y se sentó a pensar hasta que llamó su hija por teléfono para invitarlo a cenar *sushi*. Media hora pasó así sobre el taburete, con su amargura líquida en la mano, observando el crecimiento del árbol, antes de pararse, ponerse un anorak y salir con la caja de cartón por delante, llevando el preciado bonsái de *Ficus benghalensis* como regalo para su única descendencia.

# De la contención...

ACCEPT LifeAsItIs.

*Il faut imaginer Sisyphe heureux.*
*Albert Camus, Le Mythe de Sisyphe*

**M**arx cambia totalmente mi visión del mundo, me declaró esta mañana mi nuevo jefe, quien usualmente nunca me dirige la palabra. ¿Qué buscaba saber? ¿Si soy un izquierdoso infiltrado en el Banco? ¿Habrá visto alguna carpeta Manila con mi nombre en ciertos baúles viejos? Obviamente le respondí que no lo había leído nunca, lo cual es una falsedad absoluta, porque *Das Kapital - Kritik der politischen Ökonomie* había sido una de mis biblias en los tumultuosos años universitarios, a pesar de ser el libro más aburrido que conozca, pues hasta la mismísima Biblia es más entretenida, con historias de asesinatos, borracheras, incestos, lujuria, sexo y traiciones surtidas y variadas. Pero, la verdad es que, a estas alturas de la tarde, del día y de la vida, tanto Marx, Engels como Trotski, con toda su bendita dialéctica, me tienen bastante podrido, por no decir sin el más mínimo cuidado. *Nous bâtirons un lendemain qui chante*, decía el poema de esa deslucida juventud, la cual habría de construir una muralla de hierro dividiendo Europa antes de refugiarse en su anquilosada senectud. Asimismo, ni mencionaré el infinitesimal detalle de que hoy en el partido sólo quedan mencheviques.

Codificar en COBOL se hace exactamente igual en Santiago de Cuba que de Chile, o de Compostela, sea dicho de paso, por lo que los marxismos reales, teóricos y utópicos no son precisamente útiles en mi vida diaria. Además, con los años uno va conociendo gente, adquiriendo experiencias y termina por darse cuenta de que la única diferencia entre un comunacho y un udiota es en cuál de los dos extremos de la curva de Pareto de Capital/Trabajo se encuentran, puesto que, en los temas valóricos y sociales, bueno, son idénticos. Aborto, divorcio y matrimonio gay son completamente y, por igual, tabús. Peor aún, ninguno nunca escuchó hablar de la productividad total de los factores, abandonándose así en un discurso decimonónico. Igualmente, ambos partidos son verticales, rígidos y excesivamente disciplinados. No son equivalentes, eso sí, porque se distinguen diferencias en como mercadean sus productos, ergo la izquierda vende sueños húmedos mientras que la derecha pesadillas terroríficas, y yo ya no le compro a ninguno en este mercado de las ideas trasnochadas. En todo caso, ¿qué sentido tiene seguir hablando de política y geopolítica en un país donde los países del Este quedan, justamente, al oeste?

Por eso, de mi juventud revolucionaria sólo queda la práctica de la vodkaterapia, la cual tiene por inconmensurable beneficio el curar el alma al pequeño costo de matar al hígado. Claro que, quizás, para ella sea bueno, asumiendo que exista en alguna forma intangible, pero obvio que no lo es para mi salud, porque más que resistencia a la insulina, lo mío es porfía y la diabetes acecha a la vuelta de la esquina.

—¿De qué murió? —le pregunté al Mauro con la voz entrecortada—. ¿De qué murió Rodrigo?

—Mira Juan, hablé con un colega del Instituto Médico Legal y según él fue de un paro cardiorespiratorio —contestó el aludido—, pero no me quiso dar más detalles. El lunes encontraron a Rodrigo sin vida en su apartamento, acostado desnudo sobre la cama. Lo extraño es que se demoraron más de lo usual en entregar el cuerpo pues suelen hacerlo de un día para otro.

—El huevón fumaba como carretonero, bebía como cosaco y nunca hacía ejercicio, pero igual, no estaba tan mal como para irse así de golpe —dije como para mí mismo.

—Te puede dar un paro por muchas razones, así que tendremos que esperar a que se filtre el informe de la autopsia —explicó Mauro.

—¿Autopsia? —se sorprendió Pablo—. ¿Por qué?

Mauro alzó lentamente los hombros indicando con esa simple seña su falta de información. Más aún, inferí su profundo rechazo de la realidad, su completa negación de ésta y la misma total incredulidad en la cual yo también había navegado todo el día como en una espesa bruma.

—¿Cómo se le ocurre morirse? —suspiró Pancho mientras se dejaba caer en la silla con la misma cinemática, dinámica y estética de un saco de papas. Debió de haber calculado mal, pues ésta se rompió, abriéndose de patas con un seco quejido y forzando a mi amigo a un muy poco elegante aterrizaje sobre el culo.

—¡Por las cinco fuerzas del Universo! —exclamó el accidentado, tras proferir una serie de expletivos vulgares, soeces y escatológicos no reproducibles en compañía distinguida. Con maldecir a la fuerza de gravedad le hubiese bastado.

Mauro lo atendió rápido, en el preciso centro de nuestras preocupadas miradas.

—Parece que no tiene nada roto, salvo su orgullo, pero no tengo tratamiento para eso —explicó el matasanos tras el examen físico general de rigor.

Pensar que tan sólo hace unos pocos años nos habríamos reído a carcajadas en la misma situación. Hoy nos preocupamos por si se rompió algo. Esto de envejecer es una mierda.

—Pobre de ti huevón que se te ocurra quedarte tieso así no más. ¡Bajo personalmente al Infierno a patearte el culo de vuelta hasta esta misma mesa! —amenazó Marco—. Ya tenemos suficientes muertes por hoy.

—Por hoy, por el mes y por el año —añadió Pablo.

Pancho, sentándose con esmerado cuidado en una nueva silla provista por la aliviada y eficiente mesera, afirmó: —¡No! Yo no he de morir, pero tengo que masajearme. Me duele ya bastante el culo hoy como para que me lo pateen más. Mañana será aún peor, me temo.

—Después de los cuarenta, si te despiertas y no te duele nada, es que estás muerto —nos recordó Mauro.

Con miramiento, deposité nuevamente mi atribulada humanidad ante el schop de Torobayo® para dedicarme a observarlo absorto en mis pensamientos. Una pequeña burbuja reventó sosegada en la superficie. ¿Qué voy a hacer ahora? ¿Con quién conversaré de mis cosas? ¿Quién me dará consejos y apoyará? Sin Rodrigo, esto de vivir va a ser muy difícil, como un paralítico abandonado en el meollo del desamparo, en el riguroso núcleo del purgatorio.

—¿Por qué tardaste tanto en llegar? —pregunté.

Mauro dejó de cotejar la alcoholizada carta de líquidos abigarrados, alzó su mirada y desde el otro lado de las dos mesas de plástico me respondió:

—Fue el resultado de una seguidilla de pequeñas tragedias domésticas. Primero, cuando supe la noticia y lo del velatorio, me salí del turno y llegando a casa me di cuenta de que mi hijo me sacó el auto sin permiso. Le va a llegar cuando lo agarre, pues recién acaba de sacar su permiso de manejar. Segundo, me costó encontrar un taxi para ir a casa de mis padres, donde le saqué el coche al viejo, pues ese es otro peligro al volante así que mejor lo tengo yo. Tercero, cuando por fin llego, tuve que darme más de tres vueltas a la plaza antes de dar con un estacionamiento libre.

—Es el círculo de la vida, versión automovilística —comentó Pablo, nuestro Sensei—. ¡*Hakuna matata*!

Marco se sonrió antes de hablar: —Los tiempos cambian, pues antes un peatón era un huevón que le enseñó a manejar a la mujer, pero parece que hoy es cuando el hijo aprende a conducir.

A uno de los gerentes del Banco el primogénito le hizo esa misma gracia el verano pasado, terminando estampado a las tres de la madrugada contra un poste de alumbrado público en la rotonda Irene Frei de Vitacura, justo frente a la Clínica Alemana®. El hijo iba completamente ebrio y ya no había nada que hacer por él cuando llegaron a atenderlo. El gerente nunca se repuso de esa llamada en mitad de la noche. Esa misma que llena de terror el corazón de todo padre en la profunda oscuridad del desvelo. Como es un barrio pituco, el crío ni siquiera tiene una animita para recordarlo. La insustancialidad de la vida no es una nadería. Mejor me callo el cuento, para no preocupar a mi amigo, y cambio el tema de conversación.

—Ves por qué digo que la cultura grecorromana no es útil en nuestro mundo, ¿cuál es el Dios clásico de los estacionamientos? —dije.

—Tampoco existe el Dios grecorromano de las computadoras o de la Internet —retrucó Mauro.

—A todo esto, ¿cuál es el Santo Católico de los estacionamientos? —inquirió Pablo.

—Oigan, hablando del tema, ¿por qué le van a hacer una misa, si Rodrigo era ateo? —preguntó Mauro.

Pablo, esbozó la más leve de las sonrisas antes de responder:

—Es aún peor de lo que crees. ¿Te acuerdas de su ex? Después de la separación ella pasó por la típica etapa de jolgorio, pero al poco tiempo se acordó de que era evangélica y volvió a la fe en serio, con los *Born*

*Again* según entendí. Entonces, como Rodrigo fue bautizado católico, hoy le están haciendo una misa y mañana le harán una ceremonia en el templo donde ella va.

—Para un nocreyente es impresionante el nivel de contactos de Rodrigo con los poderes divinos —dije.

—Comen santos y cagan diablos —comentó Marco, a todos y a nadie en particular.

—¡Pero qué falta de respeto más grande! Le di a Rodrigo la receta para manejar a su bruja, pero no me hizo caso y así le fue —refunfuñó Mauro.

—¿Cuál era? —indagué intrigado.

—¡VR PRN! —respondió muy doctamente el facultativo, provocando una estrepitosa descarga de risas.

El Sensei nos miró y siguió contando: —Pero esto no es más que un típico caso de lo que suelo llamar el Síndrome de la Bella y la Bestia. En esa vieja leyenda, Bella se enamora de la Bestia sólo cuando ella logra transformarla. Se enamora de su poder de mujer hermosa sobre él, y no de la esencia de la Bestia tal como es, bestial, sino de cómo ella la cambia, la domestica, la adiestra, dejándola dócil como un oso circense. Por supuesto, es sólo narcisismo disfrazado de amor. Lo peor del caso es que no es una configuración estable, pues más temprano que tarde la Bella se aburre de una Bestia que hace todo lo que ella le pide o el animal amansado sale de la posesión, decide ponerse los cojones con los pantalones por las mañanas y termina por irse con el poco de dignidad residual a su haber.

—Todavía me acuerdo de cuando esos dos pololeaban —comentó Pancho—. Habrá sido hace más de treinta años, pero aún tengo la imagen clarita.

—¿Cómo olvidarlo? La ex de Rodrigo era la tipa más rica que jamás haya visto en persona. Sus largas piernas me hipnotizaban. Quedaba embelesado, casi catatónico. Fue muy suertudo de engrupírsela —babeó Marco.

—No sé qué tanto, porque si bien su *hardware* era, y sigue siendo, despampanante, su *software* adolece de bastantes pifias, partiendo por un alto costo de mantención, pasando por sus crónicas infidelidades, su absoluta negativa a realizar cualquier tarea doméstica y terminando en su canutismo inveterado —reflexionó el Sensei.

—Con esos ojos azul aguamarina, ella siempre tuvo el poder de seducir a cualquier hombre, dejándolos atrapados en sus redes, sábanas y piernas —opiné.

—¿No te habría molestado ser uno de esos hombres atrapados en su red? —preguntó, insidioso, Marco—. ¡A mí no!

Pablo, nuestro Sensei, cogitó sobre la situación: —Lamentablemente, Rodrigo siempre supo de sus infidelidades, como cuando la pilló en la cama con ese milico, aquella vez que volvió antes y sin avisar de un viaje de negocios, pero como estaba por completo enamorado, igual se casó con la expectativa de cambiarla al pasar los años. Mal le fue.

—*"Denme el hardware y le haré el software"* fue lo que dijo en dicha ocasión —rememoró Pancho.

—¡Sí! Como mi ex, quien se casó a sabiendas de que soy agnóstico, pero igual me hueveó todo el martirimonio para que fuese a misa los domingos hasta que perdió la esperanza de convertirme, se aburrió y me dejó, justo cuando más necesitaba de ella —dije, con dolor en la voz, antes de sumergirme en mi cerveza—. ¡Ella bien valía una misa de vez en cuando!

Pancho me miró con una triste sonrisa en sus labios antes de opinar: —¿Ir a misa a qué? ¿A ver cómo el cura se pega sus pencazos frente a ti sin convidar? Por lo menos, antes las religiones te proveían las drogas y así tenías unas conversaciones con las divinidades en vivo y en directo, *full technicolor*, sin intermediarios, traductores e intérpretes.

Meditabundo, así mi schop de cerveza y bebí un sorbo. A lo que hemos llegado. Pensar que esto partió cuando el mundo era mágico, en la noche de los tiempos.

En el principio, todas las cosas, plantas, peces y pájaros tenían un ánima, un espíritu o un alma que aleteaba sobre la superficie del orbe, cada cual en su justa medida. Cotidianamente navegábamos en un mundo sobrenatural, entre seres materiales, dotados de su propia fuerza interior, y seres inmateriales, invisibles e imbuidos del poder del más allá. Asimismo, las almas de nuestros ancestros siempre estaban cerca para ayudarnos a prosperar en esta vida o castigarnos por infringir algún tabú. Con todos ellos nos comunicábamos en sueños, trances y visiones, dialogando así con los poderes secretos de la vida y de la muerte. En aquellos tiempos, los días estaban repletos de pequeños ritos sagrados y satisfactorios a la infinidad de ánimas que formaban parte de la estructura misma de nuestro mundo, cada una de ellas con su muy acotada parcela de poder terrenal. Constantemente fluían las encantaciones rituales tejiendo así la cotidianidad de la existencia; respetuosas rogativas para pedir permiso por el agua de la vertiente, silenciosos mantras de caza mientras se perseguía la presa, gozosas oraciones de fertilidad durante el coito, etc. Todos y cada uno de nosotros oficiábamos de chamanes en esta democracia de los poderes divinos. Claro, algunos tenían más facilidades que otros en la técnica del diálogo espiritual y es así como llegaron los brujos, los hechiceros y los magos; quienes se harían llamar sacerdotes con el correr del tiempo, esos comunicadores sociales del más allá. Sus manos rebosaban con peyote, ayahuasca, hongo matamoscas, la nunca tan bien ponderada *Amanita muscaria*, además de la nativa *Latua pubiflora*, el *latúe* o *latuy* clásico de los mapuches, y un sinfín de otros psicotrópicos y alucinógenos.

Los siglos se convirtieron en milenios y de nómades pasamos a ser pueblerinos, reverenciando jefes, reyes y emperadores, al mismo tiempo que los espíritus se hicieron más poderosos y escasos, devenidos en dioses, pequeños y malignos, hasta terminar en un único ser supremo, victorioso de la lucha en el Olimpo; Rey de los Cielos, Monarca Absoluto de nuestra terrenal existencia y Supremo Líder del Infierno. Con Él llegó la plaga de langostas a cubrir la superficie de la tierra, de modo que nadie podía verla, también a comer el resto de lo que había escapado y a llenar las casas de todos; monaguillos, diáconos, frailes, imames, deanes, obispos, padres, seminaristas, rabís, párrocos, abates, eclesiásticos, coepíscopos, élders, prebendados, bonzos, racioneros, agustinos, eparcas, sacristanes, monjes, pontífices, vicarios, escolapios, jansenistas, pastores, ulemas, acólitos, eminencias, mosenes, clérigos, presbíteros, mitrados, patriarcas, arzobispos, páters, franciscanos, cetreros, misarios, alfaquíes, jesuitas, confesores, sochantres, oficiantes, machis, cardenales, priores, epistoleros, coadjutores, superiores, mulás, papas, ordenados, escolanos, ministros, abades, beneficiados, reverendos, canónigos, predicadores, tonsurados, celebrantes, setentas, anacoretas, premostratenses, teólogos, seglares, profetas, magistrales, dominicos, evangelistas, donados, ostiarios, ayatolás, purpurados, curas, rabinos, ermitaños, popes, celebreros, apóstoles, estilitas, misioneros, lamas, arciprestes, bhikkhus, canónigos, carmelitas, misacantanos, auditores, subdiáconos, capellanes, prelados, monacillos, sacerdotes, kalkus, beneficiarios, exorcistas, rinpoches y alforjeros, todos a cobrar el azaque, diezmo y yizia con singular alegría.

¿A cambio de qué exactamente? ¿Qué vendían todos ellos? Nada menos que la salvación eterna de nuestras almas. Solían pedir sacrificios; animales, humanos o personales. Con el devenir de los siglos la competencia se hizo cada vez más fuerte entre los que ofrecían servicios de lavado de alma, limpieza de aura y almidonado de conciencias, empujando los precios de este bien intangible a la baja. Antaño debías sacrificar tu mejor toro, un primogénito, tomar la cruz, autoflagelarse, donar una montaña de oro, la mitad de tus tierras o algo similar para comprar una indulgencia y así obtener la absolución de tus pecados, pero hoy basta con tres golpecitos en el pecho y todos tan amigos.

¡Qué cómodo! ¡Qué conveniente! ¿Por qué no ponen directamente un logo de lavaseco de almas frente a los templos? ¿Por qué no hacer propaganda en la tele del mejor ungüento quitapecados? ¿O del infalible aceite de unción, limpiador de conciencias?

Sin embargo, en este mercado de quién lava más blanco existe un pequeño problema; la asimetría de la información, pues como bien explicó en 1970 el economista norteamericano George Akerlof en su *paper* *"The Market for "Lemons": Quality Uncertainty and the Market Mechanism"*, cuando el comprador no tiene suficiente información de lo que está comprando, o sea, no tiene la más mínima idea, el mercado no funciona y al pobre huevón lo estafan. Akerlof estudió el mercado de los *lemons*, autos usados que no andan ni para adelante ni para atrás, como el perfecto ejemplo de un mercado en el cual quien vende sabe que vende algo que no funciona mientras que quien compra no tiene suficientes conocimientos como para saber que está comprando chatarra inservible, y fue recompensado por sus esfuerzos con un Nobel en Economía, pues logró llamar la atención de sus colegas economistas, aquellos modernos adivinos, renovados profetas y mediatizados hierofantes, especializados en leer el futuro en las entrañas llenas de guarismos de las planillas de Excel®, develando así con sus cálculos, conjeturas y señales los sombríos presagios, tenebrosos augurios y el fatal hado de los acaecimientos futuros de nuestros avariciosos bolsillos.

Volviendo a lo nuestro, como nadie sabe lo que pasa después de la muerte, salvo prueba de lo contrario, entonces el mercado de la limpieza, planchado y salvación del alma, la vida eterna y demases servicios *post mortem* es visiblemente un mercado de *lemons*, al igual que el mercado de la educación, del conocimiento y de la tecnología, sea dicho de paso.

—Pancho, si hubieses ido a misa más seguido quizás hoy, especialmente hoy, tendrías el sosiego de la fe —declaró Marco.

—Si tan sólo la fe, la verdadera fe, se pudiese comprar, al contado o a plazo, da lo mismo, pues lo haría al instante, pero dudo que ir a escuchar a unos viejos coprolitos hablar de lo que no saben hubiese salvado mi matrimonio, ni el de nadie —retrucó el aludido.

Pensándolo mejor, la Iglesia Católica inventó el sistema bancario moderno, la *opus magnum* de los Templarios, así que lo menos que debiese hacer hoy en día es implantar nuevos medios de pago electrónicos, tanto de débito como de crédito, para cobrar el óbolo de San Pedro y así volver a liderar el mercado de la lavandería de almas. Se supone que estamos en plena modernidad, ¿quizás los doctores de la Iglesia podrían usar la genómica y proteómica para inventar alguna pastillita mágica que nos dé la fe? Azul o roja, da lo mismo, si funciona me la tomo allí mismo.

—¡Me tiene que merecer! ¡Me tiene que conquistar! —gesticuló una cabecita a un *headphone* Bluetooth™ pegada.

Automáticamente, divisé a unos ciento sesenta centímetros de mi cara el paso por la vereda de una alterada joven con un pulóver negro de lana muy ajustado, el cual permitía apreciar en todo su esplendor un sostén superlativo, 34E, provocándome unas terribles ganas de usar la telequinesis para soltárselo, sólo por joder y así reírme de buena gana. A pesar de todos mis reiterativos intentos, nunca había logrado desarrollar tal poder.

—La definición misma de una NMI —dijo Pablo mirándome a los ojos mientras el rastro de una sonrisa se dibujaba en su cara.

—¿Qué abreviatura es esa? —preguntó Mauro—. ¿Nano Mama Izquierda o Neurona Motora con Insuficiencia?

Así habló el Sensei:

—En computación, una NMI es la sigla en inglés de la interrupción no enmascarable, siendo ésta una interrupción generada por el *hardware* que no puede ser ignorada por el sistema operativo. En este caso, pasó una chica provocando una respuesta instantánea del sistema reproductor de Juan, que fue imposible de obviar, descarrilando su tren de pensamientos y obligándolo a tomar consciencia de sus dos poderosos argumentos.

—Me hiciste acordar de la vez que Rodrigo se puso a discutir la fórmula que mejor aproximaba el volumen de las mamas y terminamos peleando por si debíamos usar una semiesfera o un hemielipsoide como punto de partida antes de seguir aproximando con *splines* —dije nostálgico.

—Añoro esas juntas que hacíamos todos los viernes por la noche a estudiar, especialmente cuando nos dejábamos llevar a elucubrar —contó Pablo.

—Sobre todo cuando se dejaban de hablar en fórmulas —añadió Mauro—, y nos poníamos a ver temas prácticos, como las mejores técnicas para desabrochar un sujetador.

—¡Sí! Como cuando hacíamos competencias de quién lo desabrochaba más rápido, cronómetro en mano —recordó Marco.

—Y cada vez eran más difíciles; primero con la mano izquierda, después con los ojos vendados, hasta hacerlo con la luz apagada, la mano izquierda y dando un beso —rememoró Mauro—. Si mal no recuerdo, el récord absoluto lo tuvo siempre Rodrigo, con dos segundos y treinta y tres milésimas.

—Claro que con los calzones la cosa se ponía más difícil, pues las tipas no se prestaban tan fácilmente para ese juego —agregó Marco—. ¿Se acuerdan del hackeo que Rodrigo hizo del *screen saver*? Ese con los tostadores de pan voladores, cuando los cambió por bragas aladas.

Pancho se sonrió antes de atestiguar: —Obvio que sí... Tuve al *Flying Panties* por muchos años en el equipo de la oficina. Nada más grato a la vista ni propicio a mis elucubraciones metafísicas.

—Ese programita fue la causa de la primera gran disputa que recuerde entre Rodrigo y su futura ex, cuando ella llegó a oficializar su molestia al respecto del uso de sus calzones como modelo —comenté.

El Sensei retomó la posición de prédica en su silla antes de dar dictamen: —No sólo los hombres somos constitucionalmente incapaces de escuchar sin hacer nada, pero además los ingenieros estamos entrenados para ver al mundo como una sucesión de problemas por resolver y, por lo tanto, cuando una mujer llega a contarnos un problema lo escuchamos y lo solucionamos en vez de poner cara de *poker* y simplemente hacer como que escuchamos sin arreglarlo. Y es por eso que no las contenemos, pues estamos congénitamente obligados a responder a la pulsión de explicarles lo que tienen que hacer para zanjarlo. Rodrigo debió haber borrado ese programita, total tenía varios respaldos en disquete y todos nosotros una copia funcionando, en vez de intentar hacerle entender los detalles finos del desarrollo.

—Putas, me hicieron acordar del chiste del sapo que siempre contaba Rodrigo —dijo Marco—. El chiste del tipo que va caminando por un parque, con un sapo sobre el hombro derecho, y se encuentra con uno de sus amigos, quien le pregunta *"Qué haces con un sapo allí"*, y éste le responde, *"Lo que pasa es que es un sapo que habla"*. *"No te creo"* responde el amigo, ante lo cual el tipo le dice *"Pregúntale tu mismo"*. Después de un poco de insistencia y con una expresión de fastidio infinito el sapo responde, *"Mira, soy una hermosa princesa, rubia natural de ojos azules, pero fui vana y arrogante, por lo que estoy hechizada y con tan solo el beso de un ingeniero volveré a mi cuerpo. Le prometí ser suya por el resto de la vida y hacer absolutamente todo lo que me pida, pero se rehúsa tenazmente a besarme"*. Con una sonrisa en los labios el amigo del tipo le contesta al sapo; *"Él tiene toda la razón, pues de rubias que se creen princesas está lleno, pero un sapo que habla, ¡eso sí que es interesante!"*.

—Descubrí hace poco que ese chiste tiene un precedente famoso —expresó Mauro—. Pues Diderot escribió hace dos o tres siglos una novela libertina sobre los sapos que hablan que gozó de cierta fama en su época.

Ese fue el exacto momento en el cual me acordé de mi propia rubia con delusiones de princesa Disney®, la nunca tan bien ponderada de mi ex, y de su promesa de ser toda mía por el resto de la eternidad, pero sólo después de la ceremonia en la Iglesia cuando, por fin, quedaría coronada como la reina del hogar. Así transcurrieron quince años de estricto gobierno, ciento ochenta meses de soberana precisión, setecientas veinte semanas de religiosa rutina, cinco mil cuarenta días de preciso ritmo cotidiano, ciento veinte mil novecientas sesenta horas de organizado tedio, siete millones dos cientos cincuenta y siete mil seiscientos minutos de asfixiante monotonía y casi medio millardo de segundos perdidos.

Todo ese tiempo sin que sus castos labios osaran posarse sobre mi glande, a pesar de todos mis desesperados ruegos. *"¿Cómo se te ocurre? ¡Eso es de putas! ¡No de damas!"* solía decir. Ella era tan ordenada, con cada cosa en su lugar y en su momento, que en algún instante después del segundo año de martirimonio decidió que se hacía el amor los domingos por la mañana, y sólo en esa ventana de tiempo, antes de huevearme un rato, y por costumbre, para ir a misa de doce. Le discutí lo de la magia, le expliqué la importancia de lo espontáneo y terminé por enojarme. Pasaron los años y al final, dediqué todas esas mañanas a gastar mis energías estudiando para alguno de los diplomados, postgrados o cursos que solía tomar, y así dejamos de tener relaciones. No quería ser una tarea más en su lista de cosas por hacer en la semana, como aspirar el dormitorio los viernes por la tarde.

# ¿Dónde están los hombres?

```
IF Love-Is-True
    PERFORM Happiness
ELSE
    GO TO LABEL-WTF
END-IF.
```

> *Yoga makes me feel like I can do anything.*
> *Lipstick makes me feel like a slut.*
> *I only need these two things to survive.*
> *Lady Gaga*

A l final del verano de ese año, vivíamos en una casa de pueblo que miraba por sobre el río y el valle hacia la cordillera. Tenía quince años y jugaba a imaginarme cómo sería el día en el cual me casaría. Lo pensaba perfecto; con una elegante ceremonia en la iglesia, yo preciosa con un vestido de novia de tul blanco refulgente, bordado de perlas, y una larga cola sostenida por dos niñitas vestidas como muñequitas y él, alto y fino, de ademanes delicados y sonrisa eterna, los dos arrodillados frente al altar mientras el Padre bendecía nuestra unión. Le seguiría una gran fiesta de noche; todas mis amigas con vestidos largos, coronas de margaritas sobre el pelo suelto y grandes dientes albos en las risas de todo el mundo. Copas de champaña en las manos, conversaciones en las bocas y pies bailando vals llenaban mi mente, dando vueltas y vueltas, hasta soñar en cómo, mareada, él me llevaría en brazos, abriría la puerta de nuestra casa, grande y hermosa, llena de flores en el jardín, para besarme con infinita ternura sacándome el vestido cuidadosamente entre caricias y mimos, hasta quedar los dos desnudos, por fin uniéndonos en cuerpo y alma. Pasaríamos así muchos días y noches en una luna de miel sin fin en nuestra residencia, esperando un alborear soleado cuando él se pondría su delantal de médico y yo el de enfermera e iríamos a su gabinete. Por las noches imaginaba ese día una y otra vez, mojándome, tocándome y llegando así, por fin, a la llave de la puerta del placer. A pesar de todos mis esfuerzos, nunca logré visualizar la cara de él. Pocos meses después, en una fría tarde de invierno, perdería mi virginidad con un compañero de colegio, el pololito de turno.

—Entonces, ¿cómo lo conociste? —preguntó Paulina antes de llevar su copa de *Cabernet Sauvignon* del Valle de Apalta a la boca.

—En uno de los *after office* en el Castillo Hidalgo —respondí—. ¿Te acuerdas que fuimos juntas una vez? Bueno, nunca me los pierdo y voy siempre, con o sin mis amigas.

Andrea prosiguió con el interrogatorio mientras inclinaba el cuerpo en mi dirección: —¿Y qué hace?

—Es ingeniero, creo, gerente de algo en alguna institución financiera, me parece —contesté media molesta, pues mis amigas no paraban de hacer preguntas sobre Gonzalo.

—Es un buen partido entonces —aseguró Carolina—. ¡Felicitaciones! En mi banco un gerente gana ene plata. ¡Dile que sí altiro!

—¿Cómo que *"crees"*? ¿Que *"me parece"*? ¿No sabes lo que es? —indagó Ximena.

—Primer otrosí, sé perfectamente quién es y, como bien dije, no me interesan ni sus cartones ni sus pegas sino otros atributos —respondí con un tono duro en mi voz—, segundo otrosí, no pienso en casarme, desposarme o esposarme con él, ni con nadie más, dicho sea de paso.

Andrea siguió insistiendo: —¡Cuéntanos más de él! ¿Tiene hijos? ¿Cuántas exes?

Paré el golpeteo de mis dedos sobre la mesa, reflejo inconsciente de mi resignada frustración bajo la lluvia de preguntas y, sobre todo, del síndrome de abstinencia por más de una hora sin una dosis de nicotina, antes de responder: —Él está separado hace muchos años y tiene una hija grande, en la universidad, que vive con su madre. Claro está que no conozco a ninguna. Sus padres fallecieron hace mucho.

—¡Excelente! Como tú no tienes hijos, podría irse a vivir contigo sin problemas y sin que tu madre empiece nuevamente a hablar de "*desfile*" y ese tipo de cosas —sugirió Andrea, hablando tanto desde la experiencia como de la contingencia, pues su hija mayor llevaba ya un mes instalada en su casa, dónde llegó a asilarse con su guagua recién nacida, tras dejar al pololo con quién convivía hasta ese momento, con la condición *sine qua non* de nunca, pero nunca, traer nadie a dormir con ella. Todo empezó aquél día, cuando mi amiga le había permitido al pololito quedarse a dormir en su casa con la hija, por considerarlo un mal menor, antes que de verla pernoctar quién sabe dónde, cómo y con quiénes. De esas mañanas, Andrea recordaría la inefable sonrisa del susodicho mientras agradecía el desayuno con un "*¡muchas gracias por todo tía!*", dejándola dubitativa sobre el sentido de la palabra 'todo'. Como los profilácticos son un recurso escaso y las energías adolescentes un bien público infinito en la práctica, la niñita no se cuidó adecuadamente y, ya embarazada, se fue con el pololito, malvivencia de corta duración por lo demás, quedando los resultados a la vista, oído y olfato de todos en la casa, bajo el nombre de Danielito. Mi amiga Andrea simplemente nunca hablaba del tema, pero ahora tenía que predicar de buena fe y con el ejemplo, su propio presidio remitido, muy a su pesar y al de su hija, pero para el deleite de su Santa Madre devenida en bisabuela.

—¿Convivir sin casarse? ¡Nunca! —reaccionó con retraso Paulina y sin que nadie le preguntara.

—Pero, ¿qué tal si tú te vas a vivir a su casa? —propuso Carolina con una mirada evocadora—. Debe de ser supergrande...

—¿Y si se turnan con las casas? —sugirió Ximena—. Así es más igualitario y pueden conocerse cada cual en su propio contexto. Además, sentirías las energías del lugar y podrías hacerle un análisis *feng shui*. No te vayas a olvidar de que es al revés de lo normal, pues estamos en el hemisferio sur —afirmó—.

—No. No pienso casarme ni convivir con Gonzalo ni con ningún otro hombre. Mi casa es mía y la disfruto mejor sola. Yo ya tengo una casa. La compré con plata que me gané sola, a punta de trabajo. No necesito casarme para tener casa. No necesito irme a vivir a la casa de un huevón cualquiera. Si quiero una casa más grande, pues ¡me la compro! ¡Qué tanta fe me tienen! Al final, no importa, es lo mismo, vivir juntos, casados, amancebados, amontonados o revueltos, da igual. Terminas cayendo siempre en eso que se llama *"cotidianidad"*, la cual no es más que un pequeño infierno en cómodas cuotas diarias. Paso. La irremediable monotonía de los días es una mierda, porque, como escribió el gran poeta, *"el matrimonio procede del amor como el vinagre del vino"*, así que mejor beber el vino ahora cuando está bueno. ¡Salud!

—Quien no agarra lo que Dios le da, buena miseria tendrá —pontificó Paulina.

—¿Y preferirías un matrimonio puertas afuera entonces? —consultó Ximena.

—No. Simplemente, me gusta mi vida de soltera sin compromisos, sin ataduras y sin cadenas. Así hago lo que se me da la real gana, cuando se me antoja, sin tener que pedirle permiso a nadie. ¿Acaso no me creen capaz de vivir sola y feliz?

Andrea me miró con una cara genuinamente sorprendida y dijo, casi para ella misma: —La tremenda suerte que tienes y la estás desperdiciando. Se te va a ir el tren y después te arrepentirás...

—Miren, él es un buen hombre, un buen amante y hasta un buen partido, pero yo no me pienso casar. Ni con él ni con nadie. Punto final. No creo en el sueño romántico del amor a primera vista, ni en el príncipe azul, ni en el matrimonio para toda la vida, ni en el esposo perfecto, ni en el viejito pascuero, ni en el Ratón Pérez, ni en ninguno de todos esos cuentos de hadas. ¡Hace rato que dejé de tener doce años!

Ximena insistió: —¿Y estás segura de tu decisión? Mira, justo ando con mis tres monedas chinas en la cartera, las del *I Ching*. ¿No quieres que te haga una tirada?

—No. No insistan. No quiero casarme y no me casaré. Por cierto, las tiradas me las hacen, muy bien por lo demás, mis amigos —aclaré con voz cortante.

Paulina, arrugando la nariz, dijo: —Nadie puede decir *"de esta agua no beberé, por muy turbia que esté"*.

—Pero... ¿Dime que no te gustaría envejecer junto con algún desgraciado? —preguntó seriamente Carolina.

Paulina insistió: —A mí no me fue bien con eso, pero me habría encantado llegar a viejitos juntos con mi esposo. De hecho, era mi mayor anhelo en la vida. Habría hecho cualquier cosa por ello.

—El principal defecto que tiene la vida es la falta de un botón REWIND —comentó Andrea, delatando nuestra edad.

—¿Y de verdad que no te hace falta un guatero con uñas de vez en cuando? —inquirió Ximena.

—A ver, el matrimonio para toda la vida se inventó cuando la gente se moría a los treinta años y ¡de viejos! Por eso los ángeles no se casan. Tampoco los demonios. La eternidad es demasiado larga como para casarse —expliqué de la manera más didáctica posible—. Los hombres no los necesito como sistema de calefacción ni me interesan sus uñas. ¿Acaso todavía no entienden cuáles son mis gustos, usos y abusos con ellos? —precisé con una sonrisa malévola mientras llevaba la copa de vino tinto a mis labios, confiada en la contundencia de mis argumentos.

—O sea, ¿no pretendes contraer matrimonio nunca en tu vida? —preguntó sorprendida Paulina.

—No. No quiero contraer matrimonio nunca. El matrimonio es como una enfermedad social y por eso se "*contrae*" —expliqué.

—La cabra tira siempre al monte —sentenció, resignada, Paulina.

La verdad, no sé por qué mis amigas se aferran tanto al concepto del matrimonio tradicional. Pero tengo una teoría. Personalmente, creo que esa unión secular está simplemente obsoleta, siendo cosa del pasado. Seamos claros, el matrimonio tal cual como lo practicamos hoy en día se inventó hace varios miles de años en sociedades agropastorales, usualmente nómades del Medio Oriente, que conformaban grupos estables de unas treinta personas. En aquellos años, la gente se casaba a los quince años y se moría, de vieja y con bastante suerte, a los treinta años. El casarse para "*toda la vida*" era entonces una condena a quince años nada más. En nuestros días vivimos mucho más, y cualquier hija de vecino recién nacida hoy en Chile tiene una esperanza de vida de casi noventa años, que si se casa a los veinte años recibirá una condena de setenta años al suplicio de la esclavitud doméstica. ¡Seis veces el tiempo de duración inicial! En resumen, el matrimonio tradicional no ha cambiado sustancialmente en los últimos tres milenios y en un mundo globalizado, internetizado en el cual ambos miembros de la pareja trabajan profesionalmente, pues, esa supuesta obligación está su tanto caduca como instrumento de organización de las relaciones sociales, sexuales y del patrimonio. Pero, ¿cuándo el patriarcado irá a cambiarlo?

—¿Y qué haces cuando estás en un momento de necesidad? —preguntó inquieta Ximena—. No me digas que llamas por una pizza.

Andrea vocalizó la callada duda: —¿No te da miedo ponerte gorda, fea y vieja y que llegue un día en que ya nadie te ladre ni te atienda cuando llames al *delivery*?

—No. No me da miedo. Hombres sobran. ¡Pucha que me tienen fe las huevonas! Nunca me faltarán los hombres —respondí airada.

—Pero, ¿qué harás cuando se te caigan las *boobies*, las alas y el culo, sin hablar de quedar llena de arrugas? —preguntó, insidiosa, Paulina.

—Por cierto, ese asunto de la gravedad se arregla en una buena clínica, con bisturí, algunas cremitas francesas y bastante gimnasio —respondí, más insidiosamente aún, con mi mejor sonrisa.

—No hay mujer fea, sólo maridos pobres —advirtió Paulina.

—Puta... Por una vez que un huevón no le tenía miedo al compromiso, lo vas a dejar ir. Habrías hecho un buen matrimonio con ese hombre —comentó Andrea, casi para sí misma—. Y yo habría estado contigo en todo, por si acaso se me llega a pegar el Espíritu Santo.

—¡Sí! —afirmó Carolina—. Miren, justo dos viernes atrás, aprovechando que a las dos niñitas les tocaba con sus padres, salí en la noche con un hombre de cierto potencial. Me invitó a cenar a un buen restorán, escogió un excelente vino y terminamos en mi cama. Fue una noche perfecta. A la mañana siguiente me levanto supertemprano, le preparo un rico desayuno americano, si hasta estrujé las naranjas yo misma, se lo llevo a la cama en una bandeja, con un clavel rojo sacado del jardín por mis propias manos. Lo despierto con un beso y un café STARBUCKS® recién molido y hecho en la prensa francesa, así toda tierna. Para entretenerlo, le propongo hacer un desfile de modas.

—¡¿Un desfile?! —pregunté extrañada.

Carolina me lanzó una mirada irritada y prosiguió su relato: —Sí, un desfile de modas, sin pasarela claro está. Y, como estaba contando, el desgraciado allí en mi cama, oliendo el café, sin decir nada, con cara de náufrago despertando en la playa, se queda muy tranquilamente mirándome fijo hasta que le pregunto qué le pasa. *"Sólo tomo té"* me contesta todo medroso, bueno, me guardo el café para más rato y le hago el mejor té que tengo, el mango indica de Whittard™. El primero de los tres fue mi infaltable vestido negro de las ocasiones especiales y seductoras, el segundo un *tailleur* de dos piezas gris oscuro que uso sólo cuando el jefe tiene reuniones con los clientes grandes y, como humorada, me puse mi vestido de novia, el que heredé de mi madre, para mostrarle lo bien conservada que estaba, pues todavía lo podía usar después de dos embarazos.

—¡Buena estrategia! Los ejecutivos buscan mujeres delgadas, porque siempre necesitan competir en todo —intervino Paulina.

Ximena comentó: —¿Cuántas veces habremos escuchado en un diván la frase *"Quiero ser flaca y feliz"*? Y es que el verdadero sueño secreto de las mujeres... Es comer sin engordar...

—¡Puta! ¡No! Para mí el sueño secreto es ser una osa —retrucó Andrea.

—¿¡Una osa!? —me exclamé.

—¡Sí! ¡Una osa polar! La vida de las osas es maravillosa pues no tienen que depilarse nunca, más gordas están y más atractivas son para los machos, se duermen todo el invierno y cuando despiertan ya han parido y los nenes están criaditos y listos para la vida.

Después de la carcajada, Carolina retomó su interrupto relato: —Me tiré en la cama, lo besé completito y lo seduje. Así vestida de novia, lo volvimos a hacer, pues no llevaba nada debajo. Terminó en un champañazo espléndido. Yo estaba feliz. Sólo tenía que mandarlo al lavaseco y quedaría como nuevo. Pero el muy huevón mira su celular, uno de esos Samsung Galaxy™ que parecen *tablets* pequeños, consulta su agenda, me dice que tiene una reunión urgente en una hora en la pega por un negocio superimportante, se ducha, se viste y se va. El muy cobarde nunca más me respondió el celular, el WhatsApp™, el Facebook®... Ni siquiera el fijo... ¿Por qué nunca se mojan el potito los hombres?

—Querido Cupido, la próxima vez fléchalos a los dos y no sólo a ella —enunció Ximena en un tono reverencial de rezo o súplica—. Más en serio, acuérdate del secreto que cuando deseas algo con mucha fuerza, El Universo conspira para que realices tu deseo, así que usa la Ley de Atracción y pide lo que realmente quieres, para que se te conceda, pero tienes que pedirlo con fuerza y creyéndolo.

—¿Champaña para el desayuno? ¿No es un poco temprano? —preguntó Paulina con genuina sorpresa.

Carolina se atoró justo antes de proceder a realizar su mejor imitación del tomate más maduro de una mata bien regada en el medio del Desierto de Atacama en pleno verano austral o invierno boreal, según sus gustos y preferencias, mientras las demás intentamos no caernos de nuestras sillas, ni mearlas, de tantas carcajadas y risotadas. *"¿Qué culpa tiene el tomate?"* solía cantar mi Santa Madre.

—No. Champaña no. ¡Champañazo! —intenté explicar mientras recuperaba la respiración—. Eso es cuando él tiene la amabilidad de terminar fuera de tu cuerpo, dejándote la cara cubierta de una lluvia de gotas blanquecinas, su quintaesencia, como decía el bueno de Giacomo. ¡Es excelente para el cutis!

—¿Quintaesencia? ¿Qué es eso? —preguntó Paulina entre molesta y perdida.

—¡Su leche! ¡Su semen huevona! —aclaré.

—Pero si te lo tragas, ¡engordas! Mira que la cuestión esa es muy calórica —añadió Andrea.

—Y la verdad es que sin mamada no hay buena cacha —comentó Ximena.

Una vez más en la velada Paulina puso cara de asco antes de dictaminar: —¿Una felación? ¿Cómo se te ocurre? ¡Eso es de putas! ¡No de damas! Es puro maraqueo no más.

—No, Paulina, hoy en día la mamada es normal en las parejas establecidas, es la primera prueba de amor que se da, antes de entregar otras cosas. ¿O prefieres dar el chico primero? —replicó Ximena.

—Personalmente, siempre he visto a la mamada sólo como el aperitivo del tema —comenté con voz de hambrienta, generando más risas en todas menos una de mis amigas, pues ella aún estaba atragantada con la dura realidad.

Carolina esbozó una leve sonrisa pícara y dijo: —Ya que estamos hablando a calzón quitado, siempre me he preguntado si no habría sido mejor dedicarme a *escort*, ustedes saben, a puta de lujo.

—¿Cómo esa que tiene tu mismo nombre? —pregunté.

—¡Sí! ¡Esa misma! Mira, la desgraciada gana más en una hora de lo que yo hago en una semana, y el resto del tiempo se dedica a ella; sauna, masajes, gimnasio, todo sea por cuidar la mercancía. La huevona anda siempre regia, estupenda y producida como una reina. Va a hoteles topísimos, con ejecutivos de trasnacionales, pasándolo bien todo el rato. Creo que me equivoqué en mi vocación. Porque eso de andar todo el día hablando por teléfono con los cuentacorrentistas de mi cartera para que cubran sus sobregiros, venderles un crédito de consumo o explicarles qué hacer cuando les hackean la tarjeta... ¡Me tiene chata! —suspiró Carolina.

Ximena la miró con cierto aire entre protector y reprobador, casi maternal, antes de opinar: —Y... claro que allí tu trabajo es que el condenado lo pase bien, y nada de que *"más despacito mi amor"*, *"dame un besito primero"* o de *"por allí no que me duele"*, sin hablar de que tienes que hacerlo con quien te toque y como él quiera. Puede ser desde uno de esos gringos adiposos, fofos y rosados hasta un coreano hediondo a ajo, y te lo bancas, porque es tu cliente y tiene la razón por antonomasia.

Retorciéndose en el centro de su silla como una almeja bajo un chorro de limón, Paulina nos miró, molesta, antes de susurrar: —Yo sé que lo hacen sólo para fastidiarme.

—¿Cómo que el maldito no te contestó nunca más? —preguntó Andrea, para cambiar el tema y evitar la apoplejía de Paulina.

—¡Nunca! Me psicopatée y llamé al huevón todo el sábado hasta temprano el domingo. Al muy cobarde lo llamé ciento sesenta y cinco veces... ¡No me respondió una sola vez! —contó Carolina.

—¡Qué! ¿Ciento sesenta y cinco veces? ¿No será mucho? —inquirió, espantada, Ximena.

—Mira, si un desgraciado no te contesta el celular, te da todo el derecho a hincharle las pelotas. Sólo tenía que responderme que, en ese momento, no me podía atender y listo, me quedo tranquilita. Pero, ¡no! No me respondió y no hay nada que me molesta más que no me respondan cuando llamo —aclaró Carolina.

—¿Y qué hiciste entonces? —preguntó Andrea.

—¡Me vengué! Me vengué súper bien vengada pues al muy desgraciado le publiqué su número de celular profesional en una página de avisos para citas... ¡Gay! —explicó Carolina con voz burlona y, tras la obvia carcajada, prosiguió su relato—. Después de eso me sentí mejor, como si me hubiesen sacado un peso de encima. Claro está que no lo voy a eliminar de Facebook®, para apremiarlo un poco, para que no olvide que existo y así lo torturaré con mi presencia hasta que él me elimine y yo logre mi objetivo.

Reímos todas un buen rato, haciendo que nos ojearan desde las mesas vecinas. Recuperamos las fuerzas en el fondo de nuestras copas de *Cabernet Sauvignon*, hasta que Paulina miró con firmeza a Carolina antes de opinar: —¿No sería mejor fijarse en él y conocerse un poco más antes de invitar al primer malnacido a tu casa así no más a la primera cita?

—Es que no quiero que me pase lo mismo que a mi hermana mayor. Ella examinaba, evaluaba y filtraba tanto a los hombres que al final, con lupa, hoja de cálculo y colador en mano, se quedó sola —replicó, mejor dicho, cacareó Carolina—, así que yo los agarro primero y después veo.

Con esa estrategia lo único que no había pasado por encima de mi amiga era el tren, dejándola con una bien establecida reputación de *"escupidera de semen"* entre nuestras amistades masculinas.

—Y la verdad es que está bien difícil encontrar hombres —comentó Ximena.

—Los hombres actuales son como los bancos de las plazas; si no están ocupados están cagados —agregó Carolina.

—Los hombres actuales son como los teléfonos públicos; si están desocupados no funcionan —insistió Andrea, nuevamente delatando nuestra edad.

Nos volvimos a reír todas de buena gana, pues el vino aligeraba nuestros espíritus y dejaba en ese estado de plena beatitud previo a los primeros síntomas de pérdida de juicio, dignidad, *glamour* y varias cosas surtidas más. En tales casos, dos artefactos son de particular cuidado; la cartera y el calzón.

Que uno pierda, o le roben, la cartera es una invitación a descender al Inframundo, maldita con todas las penas del Infierno, pues asegura una semana dedicada a vagabundear como alma en pena desde la Comisaría al Banco, pasando por el Registro Incivil, sin hablar del calvario de recuperar el chip del celular, llenando cuanto formulario exista, en triplicado, para someterlos a la implacable revisión de los inmortales pequeños funcionarios, la clase de demonio más cruel y perversa, encargados, desde su paupérrima cuota de poder terrenal, de administrar los castigos en este valle de lágrimas. Lo peor de todo es la ilusión de los pobres demonios, pues en realidad ni poder tienen porque sólo son unos ínfimos engranajes en el sistema, condenados a actuar su parte sin el poder de hacer otra cosa que dar vueltas como marionetas cumpliendo su mísero rol. ¡Además cuesta caro bajar al Inframundo! Tienes que pagar para cada trámite, pues incluso te exigen el óbolo antes de ser torturada y humillada. Idolatría del Mercado; te cobran peaje hasta para mandarte al Infierno. De seguro, el próximo paso será cuando el Diablo anuncie en conferencia de prensa que concesionó el río Flegetonte. Sólo una auditoría del Servicio de Impuestos Eternos, realizada en persona por las tres Erinias, logra superar esta condena enviándote de una sola patada más allá del quinto círculo, condenada con toda prevaricación *ad kalendas Graecas* como secretaria ejecutiva del mismísimo Hades, ¡y sin plan de retiro ni de salud ni impetración posible!

En cuanto al calzón, los milenios son testigos de su afán de emprender vuelo tras unas pocas copas de cualquier cosa alcohólica, siendo los ejemplos de calzones alados más numerosos que los granos de arena de todos los desiertos y playas del planeta. Con la experiencia, algunas mujeres aprendemos a atajar nuestros *colaless*, churrines o calzones, alcoholizados y alados, en los tobillos, mientras mantenemos, siempre dignas, las carteras bien apretadas. Igualmente hay que entenderlos, pobres churrines, todo el día allí abajo, prisioneros, enjaulados, sin luz ni aire, deben de tener unas ganas terribles de ser libres, de salir volando. Pero, tampoco debo generalizar, no todos los calzones son así, pues algunos, muy pocos, padecen de un miedo a volar patológico. Aún así, no es precisamente el caso de los míos. Por eso, creo que la mejor solución es la más simple; sincerar el tema saliendo de juerga sin esos molestos adminículos voladores y sólo con el carné y la plata en uno de los bolsillos secretos del vestido. ¡Si bebe no use churrines! Así evitará despertarse un día de esos en una casa desconocida preguntándose *"¿¿dónde están mis calzones??"* mientras agarra su vestido y zapatos, absolutamente sin ruido, para no despertar al exitoso jote de turno, habitante endémico de esta cueva, completa *terra incognita*, en la cual grita en silencio "¡¡mis calzones conchasumadre, no encuentro mis putos colaless!!" Por lo tanto, me permito insistir majaderamente, ¡si va a copetear no use churrines!

—Sin burlas chicas, ¿dónde miércoles están los hombres? —indagó Paulina, sacándome de mi ensueño.

—¡Sí! ¿Qué pasó con ellos? ¿Dónde se fueron los desgraciados? ¿Desaparecieron? ¿Se perdieron en otra dimensión? ¿Los abdujeron los marcianos? ¿O las venusianas? —preguntó risueña Carolina, con un dejo de angustia en su voz.

Andrea nos miró antes de decir: —Yo creo que los malditos son todos gays no más.

Nos reímos todas, medio forzadamente, pues la sospecha existía y era fundada. ¿Serán todos los hombres solteros de más de cuarenta; gays?

Ximena tuvo otra explicación:

—Los hombres no saben conectarse con sus energías, especialmente los que no están con una mujer que los guíe, pues, como bien indica la *Qabbaláh*, es nuestro rol en esta tierra. Y es por eso que los muy condenados simplemente se dedican a trabajar todo el día, por ser lo único que saben hacer y, además, están condicionados para eso. Y llegan a su apartamento vacío a encender el cable, abrir una cerveza y calentarse algo de lo que compraron en el supermercado. ¡El horno microondas es su salvación! Suelen estar tan cansados y chatos de la vida que no hacen nada más que eso. No salen, no van a bailar, no vagabundean, no carretean, no se pierden, ni nada. Y el fin de semana que les toca, sacan a pasear a sus hijos al McDonald's® y el otro, ¡se lo duermen! Me temo que tienen sus *chakras* completamente desalineados.

—Y los que sí salen, van a lanzamientos, exposiciones, museos, salsotecas, gimnasios y ese tipo de cosas... ¡Sí, son gays! —insistió Andrea.

—Lo único bueno de todo esto es que las consultas de mis amigas están llenas de huevones tratando de entender para dónde va su micro, y así alcanzan a parar la olla —comentó Ximena—, y sin ningún riesgo de contratransferencia romántica, pues son absolutamente imbancables.

—Miren, más allá de todos los que han salido del armario, el tema es que, para los hombres de cuarenta a cincuenta, la cosa está difícil. Les cuesta mantener una buena pega, no tienen las energías de sus años mozos y a muchos el carrete les está pasando la cuenta, pues hasta el pajarito está en contumacia al no funcionarles como antes, rebelándose a emprender vuelo —intenté explicar pedagógicamente—, por eso puedes ver a los sempiternos guatones parrilleros transformarse en *runners* de un día para otro, sin hablar de los que se vuelven místicos, y dado que no tienen plata, deciden vivir sin ella y desarrollan su lado *Zen*, estilo *New-Age pachamámico*. ¡Esos son insoportables!

—En otras palabras, hombres de nuestra edad, como para que te inviten a cenar a un lugar bien y que puedas presentar a tus padres, ¡no quedan! Están casados, cagados o son gays —resumió Paulina.

—Y, así es —asintió Ximena—. Esos son los tres senderos en la vida de los hombres.

Andrea, con cara de angustia, peguntó:

—¿Y qué chucha vamos a hacer?

—Y si no ha encontrado a la persona ideal, diviértase con la que tenga a mano —dijo risueña Ximena.

—Bueno, el sexo es como jugar cartas; si no tienes un buen compañero es mejor tener una buena mano —agregué.

Volvimos a reírnos ruidosamente y, de varias mesas del bar Pub Licity®, nos miraron con curiosidad, lo que me hizo enrojecer porque me sentía poco presentable, toda manchada de tinto, así que llamé al pelotudo del mozo y pedí otra ronda más. El alcohol, ese Photoshop® líquido, siempre logra aplacar mi vergüenza.

—No, yo no caeré en el libertinaje —declaró Paulina, como un acto de fe.

—Sí, claro, esa es una opción superválida; quedarse sola —comentó Carolina con ese tonito irónico que tanto me irrita.

—Pero, ¿qué chucha vamos a hacer? ¿Qué opciones me quedan? —insistió Andrea.

—De pronto, ¡búscate un reciclado! —sugirió Ximena riéndose—. Está lleno de esos condenados, pero suelen estar todos cagados.

—Yo te diría que tienes razón, porque los muy desgraciados se la pasan agobiados por las deudas, la culpa de la separación, el no saber manejar la relación con sus hijos y la ex —agregó Carolina.

—Una vez en una romería conocí a un malnacido que dedicó más de dos horas de charla a hablar mal de su ex —recordó Paulina—. Obviamente, nunca le volví a hablar.

—Bueno Andrea, si no logras o no quieres cazar a un hombre, las opciones son tres; la solitaria paja, volverte lesbiana o guerrear —dije burlona.

Carolina me miró resignada antes de comentar: —Me encantaría ser lela, pues creo que arreglaría muchos problemas, pero no. No he logrado que me guste la huevada. Por más que traté de imaginármelo, no puedo... Pero tampoco puedo estar sola, así conmigo misma, pues no llego... Nunca he logrado llegar sola. Necesito de un desgraciado.

—Si no encuentras la llave de la puerta de la soledad, ni te atreves a seguir el sendero de los hombres y entrar tú también al armario, pues sólo te queda guerrear.

—¡No! No puedo hacer eso... ¿Qué dirán de mí? Tengo dos hijas. Tengo familia. No puedo andar guerreando por allí —respondió espantada Carolina.

Las líneas en la cara de Paulina se agudizaron, su postura se volvió más rígida aún y, tensa, dijo:

—¡Eso sí que es no tenerse respeto! Un poco de dignidad, chicas. ¿Cómo se les ocurre meterse así no más con el primer malparido que encuentran? ¿Maraquear? ¡Guerrear! ¿Ir a todas las peleas? ¿Acostarse con todos y cada uno de ellos? No. Eso no es de una dama. Eso es peor que una puta, porque ellas al menos lo hacen para alimentar a sus hijitos. Me da asco el sólo pensarlo.

—Encima te puedes agarrar cualquier bicho… Y no me veo con una de esas enfermedades —comentó Andrea.

—¡Jotes! ¡Me he agarrado por montones de esos bichos! —confesó Ximena—. ¡Jotes y pasteles! Y no los recomiendo.

—¡Yá! ¡Córtenla con la lesera! —aulló Paulina.

A mi mente llegaron unos versos de *El Oráculo de la Guerrera*, libro de cabecera del cual siempre leo unas palabras antes de quedarme dormida:

> *En la inmensidad blanca*
> *de una tibia playa*
> *el delicado vuelo*
> *de la paloma*
> *se eleva*
> *solo.*

Pocas mujeres son las llamadas a convertirse en guerreras asumidas y dignas. La abrumadora mayoría nunca lo logrará, incluyendo a mis amigas, pues todavía están atadas; a su historia y a su deber-ser, personificado en la figura de sus respectivas Santas Madres. Todas las mujeres de la generación de nosotras llevamos a cuesta nuestros amores pasados, con su letanía de desamores, desengaños y penas, como una pesada carga que empujar cerro arriba. Además de las heridas de la vida, de una manera u otra, las mujeres nos las hemos arreglado para acarrear el deber-ser como una especie de escudo, más bien de caparazón, a modo de protección ante las infinitas agresiones de la vida misma. ¡Ni que fuéramos tortugas *ninja*! Tantas cargas nos dejan confundidas. Mezclando conceptos como protección, amor y sexo, cuando cada cosa es distinta, porque una cosa es una cosa y otra cosa es otra cosa. Al final, terminamos simplemente dando sexo a cambio de algo de cariño, o ternura, disfrazado de amor. ¡Pésimo trueque! ¡Es una terrible confusión! Busquemos sexo cuando necesitemos sexo, ternura cuando necesitemos ternura y amor cuando necesitemos amor. ¡No mezclemos! Para eso, debemos botar todas las cargas. Tenemos que ser mujeres que corren con los lobos, así tal cual, a pata pelada y en pelotas por el pasto. Clarissa Pinkola lo tiene claro; *"En un mundo en el que los seres humanos tienen siempre tanto miedo de "perder", hay demasiadas murallas protectoras..."*.

—Pero... Yo tampoco quiero estar sola —dijo Andrea—. De noche, estoy sola en mi pieza, con esos muros que parecen que me hielan, que me encierran, que me atrapan. Me veo sola entre cuatro paredes. ¡No hay ningún maldito gil para mí! Y muchas veces estoy muy caliente... Ceno sola, con mis gatos, tomo una copa de vino sola, necesito compañía y, entonces, como que me da por hablar. Después de dos botellas y la cagada de copa, termino llorando y hablándole a la tele. Un día de estos moriré sola, viejita y arrugada como pasa sin que nadie se dé cuenta por semanas y cuando me encuentren, los gatos me habrán comido entera.

Como para cerrar el momento incómodo, Paulina preguntó: —A todo esto Carolina, ¿qué le pasó a tu auto?

—¡Choqué! Lo tengo en el taller por varias semanas, así que volví a ser peatona. Es todo un caos eso de ir a dejar y buscar a las niñitas a sus colegios. En todo caso, no fue culpa mía, el taxi se puso frente a mí —respondió la aludida—. Le pedí a los desgraciados de mis exes si me podían comprar uno nuevo, porque el viejo iba a quedar muy mal después del choque.

—¿Qué te respondieron? —pregunté.

—Lo de siempre. Que lo iban a pensar. Que tenían que ver de dónde sacaban la plata. ¡Puras excusas! Ni que se hubieran puesto de acuerdo. ¡Ni por sus pobres hijitas se pondrían la mano al bolsillo!

—Y en temas de platas, hablar con un arquetípico y condenado ex, es como hablar con una pared de ladrillos —explicó Ximena.

—Son apenas hombres —dictaminó Paulina—, siempre terminan escondiendo la cabeza bajo tierra, como los avestruces.

Andrea nos miró, seriamente, y preguntó:

—¿Tendrán sentimientos los muy malditos?

# La hija.

## Class-Id.  Daughter INHERITS Parents.

*Il sentimento della noia nasce in me da quello dell'assurdità di una realtà, come ho detto, insufficiente ossia incapace di persuadermi della propria effettiva esistenza.*
*Alberto Moravia*

Sobre ese sentimiento desconocido cuyo tedio, cuya dulzura lo obsesionaba, Kurtzinski dudaba en colocar el nombre, el bello nombre grave de tristeza.  Era un sentimiento tan completo, tan egoísta que casi tenía vergüenza, cuando la tristeza siempre le había parecido honorable.  No la conocía, pero sí el tedio, el arrepentimiento y, más raramente, el remordimiento.

Incluso conocía el frío.  Como ahora mismo. Volvía caminando por el Paseo Ahumada a su apartamento.  Una fría noche de invierno, con el cuerpo congelado y el alma helada.  Este año, julio había iniciado particularmente duro.  El cielo sobre la ciudad tenía el mismo color gris de los soldaditos de plomo de su juventud, cuando han perdido la pintura después de mucho jugar con ellos.  Parecía un cielorraso iluminado desde abajo por luz artificial de tubos fluorescentes, pero indirectos, como había visto alguna vez en una galería de arte.  Esta noche era como se imaginaba los inviernos en Berlín; fríos, grises y húmedos.

La cena con su hija había sido un desastre.

Nada nuevo ni extraño. Las pocas reuniones que tenían solían terminar mal. Nunca había podido entenderla. La amaba, porque era su hija, pero no la entendía. Quizás era porque ella le recordaba demasiado a su ex, pues su retoño ostentaba la misma deslumbrante belleza.

A ella le encantaba el *sushi*. Entonces la llevó al Kintaro®, cerca de Monjitas con Mosqueto, dado que los colegas en el Banco hablaban bien del local y podía ir y volver caminando. Su hija había demandado esta cena, lo cual era excepcional, porque no solía hacerlo. Dejó que ella hiciera el pedido. Lo hizo en esa mezcla de japonés y castellano que afectaba usar: —Dos *misoshiru*[25], dos *gohan*, un *sushi moriawase* para mi papá y un *ika ringa age* para mí. Y nos trae dos *Asahi bīru*, por favor—. Confusamente, se sintió irritado. Ella estudiaba traducción-intérprete. Desde chica quería irse del país, más aún, anhelaba cambiar de continente y de hemisferio, y éste era su boleto de salida para dicha fuga hacia adelante. Primero estudió el francés, pero algo pasó que dejó de gustarle, y ahora se dedicaba al japonés. No lo podía entender, puesto que el galo le parecía una lengua más bella, simple y mucho más útil que el nipón. Indiscutiblemente, Kurtzinski hubiese preferido que aprendiera el alemán, pero ella lo odiaba a pesar o, quizás, a causa del río de sangre teutónica que corría en sus venas. Por lo menos, iba a una Universidad de verdad y no a una cuya calidad era inversamente proporcional a la cantidad y tamaño de su publicidad. En todo caso, para su hija, él siempre había sido el auspiciador de su

---

[25] Nota del Editor: En orden de aparición; 味噌汁, sopa de *miso*, 御飯, arroz blanco, 寿司盛合せ, surtido de *niguiri* y *sushi*, イカリング揚げ, calamar arrebozado frito con ensalada, y アサヒ ビール, cerveza Asahi.

---

vida antes que un padre. En consecuencia, simplemente pagaba, sonreía y ponía cara de escuchar cuanto ella le contaba de su existencia, como, por ejemplo, en ese mismo momento.

Mientras llegaba la orden, su hija le empezó a contar de su recientemente adquirida fascinación por el lenguaje del país del sol naciente. Partió describiendo la gramática, con sus conjugaciones siempre regulares, sin ninguna excepción e independientes de los pronombres, falsos según ella, lo cual era muy simple de usar. Claro está que la escritura no lo era tanto, pero le resultaba relajante su caligrafía, con los trazos de izquierda a derecha y de arriba abajo, dedicando noches enteras a la práctica de dicho arte. Práctica muy necesaria por lo demás, pues el japonés se las arreglaba para usar nada menos que tres sistemas de escritura distintos; dos silábicos y uno ideográfico. Mientras hablaba, ella tomó una servilleta de papel y empezó a doblarla sin siquiera mirarla, al ritmo de las palabras y del delicado baile de sus dedos, fue tomando forma una especie de pájaro, una grulla según le aclaró su hija, siendo ese el *origami*[26] más clásico, antes de seguir con su historia. Él se acordó de cierta vez en la Facultad, cuando había usado *origamis* como elementos topológicos para resolver el problema de la trisección del ángulo dentro de un programa

---

[26] Nota del Editor: 折り紙, literalmente en japonés, "arte del doblado del papel", el cual es un tipo de papiroflexia con las restricciones de no admitir cortes en el papel, nunca usar pegamentos o pintura y partir de una hoja de papel de arroz cuadrada.

escrito en FORTRAN[27], de triangulación para elementos finitos con la meta de resolver numéricamente ciertas ecuaciones diferenciales de variable compleja de flujos magnetohidrodinámicos absolutamente no triviales. *Kanji*[28] se llamaba el sistema de escritura ideográfico, herencia de los monjes budistas chinos, mientras que los dos sistemas silábicos se llamaban *hiragana*[29] y *katakana*[30] respectivamente. Kurtzinski creyó entender un uso diferenciado según el origen de la palabra a escribir, pudiéndose usar muchas veces los tres sistemas de escritura en una misma frase. Terminada la grulla, ésta quedó erecta en un lado de la mesa, mientras su hija la miraba en silencio por unos segundos, como pidiendo un deseo. Tomó otra servilleta, empezó a doblarla, con los mismos diecisiete precisos gestos, y prosiguió su relato hablando de cómo los fonemas se relacionaban uno a uno con los dos sistemas silábicos y de que, como eran un subconjunto de los del castellano, posibilitaba a una

---

[27] Nota del Editor: FORTRAN, acrónimo de FORmula TRANslation, es un lenguaje de propósito general, imperativo, orientado a la computación numérica y científica, desarrollado por John Backus (3 de diciembre 1924 - 17 marzo 2007) en 1954 para la IBM, cuyo último estándar es el FORTRAN 2008, a.k.a. ISO/IEC 1539-1:2010.

[28] Nota del Editor: 漢字, literalmente en japonés, "carácter han", son los 11,436 sinogramas utilizados en la escritura del idioma japonés según los estándares JISX0208 y JISX0212.

[29] Nota del Editor: ひらがな, literalmente en japonés, "silabario suave", es uno de los dos silabarios empleados en la escritura japonesa, con 46 caracteres, usado en la escritura de palabras japonesas, partículas y desinencias verbales, y caracterizado por sus trazos curvos y simples.

[30] Nota del Editor: カタカナ, literalmente en japonés, "silabario fragmentado", es uno de los dos silabarios empleados en la escritura japonesa, con 46 caracteres, usado en la escritura de palabras extranjeras y onomatopeyas, y caracterizado por sus trazos angulosos y geométricos.

---

*gaijin*[31] como ella eventualmente llegar a hablar el nipón sin acento alguno. Él pensó en lo fácil que sería escribir un sintetizador de lenguaje natural en japonés, dada esta escritura silábica, dejándose llevar a imaginar cómo haría la arquitectura de dicho sistema, mientras su hija seguía hablando de los detalles finos de la lengua del país del sol naciente y sus manos maquinalmente doblaban servilletas.

Cuando por fin la cena llegó a la mesa, tenía seis grullas de papel servilleta cuadradas frente a él. Miró fascinado cómo su hija levantó la tapa del bol de arroz con su mano derecha y, con un delicado movimiento, la puso en su mano izquierda, para apenas allí depositarla sobre la mesa. Repitió exactamente los mismos gestos con la tapa del bol de sopa. Las dos tapas quedaron bien juntas a su izquierda. Con la mano derecha levantó deliberadamente los paralelos palitos de manera horizontal, juntó las manos como para rezar, dejó sobre los pulgares, todavía horizontales, esos pertrechos de tortura, e hizo una pequeña reverencia mientras enunciaba con precisión: —*Itadakimasu*[32]—. Ella sonrió al ver su cara de atención. De nuevo y con la misma gestualidad pasó de una mano a otra los palitos y la tapa del bol, para allí, recién, servirse dos veces arroz, con una agilidad que lo dejó boquiabierto de envidia. La esgrima alimenticia con maderitas siempre le había sido esquiva, por decir lo menos, pues adolecía de una

---

[31] Nota del Editor: 外人, literalmente en japonés, "persona de fuera", designa a un extranjero de una forma usualmente peyorativa, en el mismo sentido de la palabra βάρβαρος del griego clásico.

[32] Nota del Editor: いただきます, literalmente, "yo recibo humildemente", el equivalente japonés al *bon appétit* francés.

alteración de la motricidad fina congénita. Pidió a la mesera cubiertos normales, -de esos como para gente como yo- explicó ante la mirada reprobadora de su retoño. El pescado crudo no era lo suyo, pero intentó disimular su reticencia frente al trozo de salmón clavado en las puntas del tenedor para no agraviar más a su única descendencia, quien mientras tanto degustaba de sus calamares rebosados con evidente delicia. Kurtzinski observó detenidamente el cómo ella usaba diestramente los palitos, los tomaba muy arriba con tres dedos y se servía de cada plato en una especie de *round-robin*[33] alimenticio. Nunca sacaba más de dos veces seguidas de ningún plato y siempre interponía algo de arroz blanco entre un calamar y la sopa. Ella también lo miraba con disimulo mientras le seguía contando de la Universidad y de su hijo de siete meses.

*Verdammt Bastard!*

La mención de aquel niño siempre le molestaba. El tener un nieto ilegítimo había sido un gran dolor para él. ¡Un huacho! Su hija nunca le contó quién era el padre del bebé, sólo que no era chileno y que no vivía en Chile. Hizo mentalmente el cálculo; si consideramos que el planeta Tierra tiene unos siete millardos de personas, que más o menos la mitad es hombre y que un cuarenta por ciento de ellos está en edad de reproducirse, nos da cerca de mil cuatro cientos millones de hombres. Restando los tres millones de hombres fértiles residentes en el país, eso acota el universo de padres potenciales a sólo mil

---

[33] Nota del Editor: *Round-robin* (RR) es un algoritmo simple de despacho muy usado en computación en el cual cada tarea, proceso o paquete es asignado una tajada de tiempo de procesamiento igual y en orden circular, sin prioridad entre ellos.

trescientos noventa y siete millones que no habitan en el país, obviamente, despreciando el número de chilenos hombres viviendo en el exterior por irrelevante. Podría seguir acotando la cifra estimando al número de gays por un lado y contando sólo a los hombres del universo resultante que efectivamente han viajado a Chile en la fecha probable de concepción. Tendría que hackear la base de datos de ingresos al país de la Policía de Investigaciones eso sí, lo cual presentaba ciertas dificultades, más éticas y legales que técnicas, en todo caso. De todas maneras, serían demasiados individuos como para buscar con éxito al padre de la criatura. Para él, era un tema complejo, al igual que los números homónimos[34]. Como había sido entrenado, solía reducir los problemas mediante el pensamiento analítico cartesiano; primero descomponer el todo en partes más simples e independientes, segundo, solucionar o explicar cada una de estas partes, partiendo por la más simple, y, tercero, integrar estas explicaciones individuales para explicar el todo. Muy a su pesar, la mayor parte de sus desafíos de relaciones con las personas resultaban ser tenazmente insolubles de manera cartesiana. Su nieto era uno de esos problemas sin solución.

Notó con admiración cómo ella usaba los palitos para sacar con minuciosidad los pedazos de *tōfu* de la sopa de *miso*. Una vez lo había intentado, pero con resultados completamente desastrosos; con poca presión los cubitos de *tōfu* volvían a caerse en la sopa mientras que con demasiada presión simplemente se desmoronaban como un castillo de arena. Ni siquiera los japoneses tenían un robot capaz de hacerlo.

---

[34] Nota del Editor: Madre real y Padre imaginario.

Cinco meses atrás, su hija le había comentado en una conversación telefónica cómo el padre del bebé había viajado a Chile a verlo por primera vez. Agregó que no le permitió reconocerla, *"sólo si nos casamos, la guagua será tu hijo"* le había dicho. Al parecer el susodicho no quiso contraer el sagrado vínculo.

Ahora Kurtzinski estaba aquí, con ella observándolo detenidamente, sin proferir palabra alguna, y con la cuchara clavada en el bol de arroz blanco. Lo encontraba, realmente, demasiado desabrido. Tomó la salsa de soya para así dibujar una negra espiral sobre los irregulares granos albos en la vana esperanza de darles una pizca de sabor.

Su hija se acomodó en la silla para quedar más erguida y empezó a manifestar algo sobre el *monbu-kagaku-shō*[35] que no entendió muy bien. Algo como que había postulado a la famosa *shōgakukin*[36] de esa cosa. Paró de hablar un rato, lo miró fijamente y consideró el momento oportuno para declarar:

—Papá, ¡me la gané toda! Me voy a Japón la próxima semana por cinco años con una beca del gobierno nipón. ¡Ya tengo los pasajes! Seré traductora-intérprete del japonés al castellano —anunció irradiando un halo de felicidad absoluta.

---

[35] Nota del Editor: 文部科学省 es el muy poderoso Ministerio de Educación, Cultura, Deporte, Ciencia y Tecnología (MEXT) de Japón.

[36] Nota del Editor: 奨学金, literalmente "dinero para incentivar los estudios", el equivalente japonés al *scholarship* inglés o a la *bourse d'études* francesa, también conocido como *beca de estudios* en castellano.

Kurtzinski supo en ese mismo instante que su único retoño se quedaría allá para siempre.

Ella tenía un hijo de padre desconocido. Ahora se irá a vivir a Japón. El primer nieto fue quién sabe de quién y el próximo será japonés. Estaba seguro de eso. Tuvo una visión de una clarividencia absoluta; vio a su hija con *kimono*[37], a sus niños japonesitos, a un esposo *sararīman*[38] que no habla castellano ni alemán ni siquiera inglés, y a él mismo cenando en un restorán en Tokio con ellos, sin entender una palabra de nada e intentando sin ningún éxito pedir un tenedor y un cuchillo. *«La vida es completamente absurda, sin ningún sentido, se mueve en un espacio no isotrópico»* pensó amargamente.

—Mis próximos nietos serán japoneses —dijo en voz bastante alta.

Su hija se sobresaltó y dejó caer uno de los palitos al suelo. Sin dudarlo, Kurtzinski tomó los suyos, aún sin abrir en su papelito, y se los pasó. Ella los recibió, lo miró fijamente con esos profundos ojos verde malaquita que tanto lo turbaban mientras se ponía rojo carmesí y, como para ella misma, susurró:

---

[37] Nota del Editor: 着物, literalmente, "cosa para vestir", traje tradicional japonés hoy en día usado sólo para ocasiones formales.

[38] Nota del Editor: サラリーマン, del inglés *salaried man*, es la muy machista palabra usada en Japón desde la década de 1930 para designar a un hombre que trabaja para una de las grandes corporaciones japoneses y, por ende, recibe un salario. En inglés se le llamaría *white-collar worker* y en castellano algo así como *oficinista*.

—*Hashi*[39] desechables…

Kurtzinski caviló en que esto era, de manera clara, un cambio de ciclo importante en su vida, un momento de crisis, acaso *"el momento señalado en el propósito de Dios"*. Quizás la época decisiva, el punto de inflexión definitorio. Intentó estimar la cantidad de dinero que su hija necesitaría para instalarse con el nieto en Japón, país caro entre los caros. Evidentemente, como Padre sería su deber financiar la operación. En poco tiempo terminaron la cena. Pidió la cuenta y pagó en efectivo. Ella se levantó llena de gracia, se inclinó hacia la cocina con las dos manos abiertas, palmas abajo, frente a su bajo vientre y dijo: —*Gochisōsama deshita*[40]—. La hija llamó a un radiotaxi para así volver más rápido a casa, pues había dejado al nieto bajo los atentos cuidados de la abuela, o sea, de su ex.

Dos años y nueve meses duró el matrimonio. Una hija fue el resultado. La ex se quedó con la casa nueva, todos los libros de su biblioteca, el fruto de su vientre y la mitad de sus ahorros, pero le dejó la totalidad de las deudas y un ostentoso par de cuernos. Fuera de ese detalle, era la ex perfecta, pues nunca, o casi nunca, que no es lo mismo pero es igual, le dirigía la palabra. Sobre la mesa, entre los restos de la cena, seis solitarias grullas formaban una guardia de honor alrededor de su plato vacío.

---

[39] Nota del Editor: 箸, par de palitos usados en casi toda Asia como utensilio de mesa, llamados *chopsticks* en inglés.

[40] Nota del Editor: ごちそうさまでした, literalmente, "fue el cocinero de un festín", que se usa para agradecer respetuosamente al preparador de la comida.

Dolor, frío y tristeza llevaba en el cuerpo mientras mantenía la costumbre de poner un pie frente al otro por el Paseo Ahumada, dejando así su efímera traza lineal en las baldosas. Lancinantes pulsos le llegaban de su tobillo derecho con cada pisada, recuerdo del accidente del año pasado. Se preguntó si alguna vez dejaría de cojear. Por lo menos, se había deshecho de la caja de cartón con el bendito bonsái de *Ficus benghalensis*. Esa simple acción lo volvía una presa menos fácil para la barroca fauna nocturna del centro de Santiago. Vio alguien acercársele y, por un instante, se asustó, pero era sólo su reflejo en la vitrina de un banco. De otro banco. Se sentía como un extranjero en su propia ciudad. Existían tantas tribus urbanas hoy en día. No se le hacía fácil distinguir los especímenes inofensivos de los peligrosos. Con cierto esfuerzo podía reconocer ejemplares de *emos*, *otakus*[41] y *pokemones*, los cuales solían ser pacíficos y permitían acercárseles para su estudio. En el otro lado de la moneda, estaba la irrupción de una manada de *metaleros*, *punkies* o *skins*, siéndole extremadamente difícil su identificación precisa, por lo que la huída era la solución obvia dada la agresividad y territorialidad endógena a dichas especies. Afortunadamente, las poblaciones gregarias de *góticos* solían tener una alta densidad y amplia distribución en el centro de la ciudad, siendo éstos sólo peligrosos para ellos mismos.

Se acordó de su tío, Karl August Hanke, el hermano menor de su madre, que en paz descanse, pues él sí que sabía manejarse en todo tipo de ambientes. Claro que el pobre murió solo, sin hijos ni

---

[41] Nota del Editor: おたく, originalmente designaba peyorativamente a un *nerd* o *geek*, pero hoy suele ser usado para referirse a una persona obsesionada por el アニメ (*animé*) o まんが (*manga*) japonés.

nadie que le ladre. El haber trabajado tantos años, primero para la DINA[42] y después para la CNI[43], lo dejó marcado. Un cáncer se lo llevó en pocos meses. Días antes de irse, el tío le contó de su lugar favorito. Además de ser su único sobrino, Karl August le debía varios pequeños servicios de manejo de información, los cuales iban desde el descifrado de mensajes, interceptados a grupos subversivos que tenían sus propios algoritmos de cifrado, usando el *mainframe*[44] IBM-370/3031 de la Facultad, habiendo uno de ellos en particular sellado la leyenda de *Herr* Hanke en la CNI al permitir desmontar una gran operación insurreccional en el país, hasta, en los últimos años, la discreta obtención de datos sobre algunas cuentas y transacciones sospechosas en el Banco. Por todo eso, no sólo le contó, sino que se lo mostró personalmente; la entrada secreta a un antiguo centro de interrogaciones. Tan escondido e importante era que nadie nunca habló de él, por muy buenas razones por lo demás, pues ningún detenido jamás logró salir de vuelta a respirar el aire de la superficie.

---

[42] Nota del Editor: Dirección de Inteligencia Nacional (DINA), policía secreta de la dictadura militar del Capitán General Augusto Pinochet en Chile entre 1973 y 1977.

[43] Nota del Editor: Central Nacional de Informaciones (CNI), sucesora inmediata de la desaparecida DINA, con el mismo personal, procedimientos y objetivos, que existió entre 1977 y 1990.

[44] Nota del Editor: En inglés un *mainframe*, a su vez de *main*, principal, y *frame*, marco, es el computador central de una organización importante, basado en una arquitectura establecida a principios de los 1960s y especializada en altísima redundancia para lograr así una elevada disponibilidad, fuerte seguridad transaccional e impresionantes capacidades de almacenamiento de datos.

En 1873, don Benjamín Vicuña Mackenna[45] había mandado a construir esa gran Cámara de la Luz Oscura[46] en el seno de nuestra madre tierra, muchos niveles por debajo de los subterráneos del Castillo Hidalgo, en la cima del Cerro Santa Lucía, para usarlo como recinto de reuniones fuera de las miradas públicas. Con el pasar de los años, de los lustros y de las décadas, la sociedad secreta que lo usaba mudó su sede a un nuevo salón, aún más reservado y seguro para sus adeptos, hasta que la DINA, siempre necesitada de espacios discretos, resucitó el gran salón precisamente un siglo después de su construcción. El *Mamo* Contreras[47] situaría su oficina exactamente enfrente del Cerro Santa Lucía para así simplificar la logística de su operación. Llegado el momento, *Herr* Hanke tuvo la responsabilidad de hacer desaparecer dicho lugar. Así fue como se quedó con el único conjunto de llaves para la muy escondida serie de puertas de entrada. Kurtzinski las tenía ahora.

---

[45] Nota del Editor: Benjamín Vicuña Mackenna (Santiago, 25 de agosto de 1831 — Santa Rosa de Colmo, 25 de enero de 1886) fue un destacado político e historiador chileno, impulsor de la remodelación del Cerro Santa Lucía mientras ejerció como Intendente de Santiago (1872—1875).

[46] Nota del Editor: La *Cámara de la Luz Oscura* es un cuarto pequeño, frío y subterráneo, utilizado en el rito de iniciación de neófitos en las órdenes masónicas, pues éstos quedan solos en la oscuridad, rodeado de ciertos objetos simbólicos, reflexionando sobre su devenir.

[47] Nota del Editor: Dícese coloquialmente del General de Ejército (R) Juan Manuel Guillermo (*Mamo*) Contreras Sepúlveda (Santiago, 4 de mayo de 1929 — 7 de agosto de 2015), quien fuera jefe de la Dirección de Inteligencia Nacional (DINA). Tras el lento fluir de mucha agua y odio bajo los puentes del Mapocho, sería eventualmente condenado a 564 años de cárcel y dos presidios efectivos perpetuos por algunas causas de violaciones a los DD.HH.

Apenas las heredó de su tío Karl August, se dio a la tarea de desratizar y limpiar prolijamente el subsuelo. Usó tres tipos de venenos, anticoagulantes, fosfuro de zinc y vitamina K, dos tipos de ratoneras, con resorte y tubos llenos de pegamento y, por último, compró un repelente ultrasónico para roedores en cuanto validó que la electricidad, instalada por la DINA para sus propios fines, seguía funcionando.

En el principio, fue un par de veces a acampar el fin de semana completo, lejos de todo, en la profunda oscuridad de su propio dominio, para pensar tranquilo, sin ninguna interrupción espuria que lo molestase. Llevó una provisión de cervezas y sándwiches, de queso en pan de molde integral, asegurando así su sobrevivencia. De esas primeras veces en el subsuelo, su memoria le recordaría haber sido un rey o haber fingido ser un rey del tiempo y de las tinieblas. Después, bajaría por temporadas, fines de semana largos y vacaciones completas, perdiéndose en aquel lugar, sin reloj, teléfono, televisión, Internet y el resto del mundanal ruido; deslizándose así en la extensión de la silenciosa nada, inmiscuyéndose en el intersticio entre la vigilia y el sueño, evanesciéndose en ese prístino éter, nunca surcado por pájaro alguno. De hecho, ningún ser jamás voló allí, ni insectos, ni murciélagos y menos aves.

—Son los ciclos de la vida —dijo en voz alta—, los azares de la época.

Con el gris del cielo cubriéndolo y una nube de humo de tabaco envolviéndolo, siguió caminando sin rumbo entre la impermanencia de la fría geometría nocturna del neón hecho baldosa, meditando, analizando, recordando, pensando, imaginando, hasta concluir:

—Todo cambio de ciclo debe marcarse con un hito. Debo marcar el mío con una fiesta. Una gran fiesta para un gran cambio de ciclo. Una mucho más grande que cualquiera de las anteriores. Mañana iré a comprar todo lo necesario para la celebración, partiendo por el vino y sin olvidar las muy necesarias sustancias recreativas.

# Del monstruo ideal...

CAME FROM LABEL-WTF.

*Quelques heures ou quelques années d'attente*
*c'est tout pareil,*
*quand on a perdu l'illusion d'être éternel.*
Jean-Paul Sartre, Le Mur

En primer lugar es necesario que hable de mi exposa. El amor significa, entre otras muchas cosas, encontrar el encanto de mirar y considerar la persona amada. Y encontrar el encanto no sólo de la contemplación de su belleza, sino también de sus defectos, sean escasos o no. Desde los primeros días de mi matrimonio, resentía un inexplicable placer a mirarla, a espiar su cara y toda su persona en sus mínimos movimientos y en sus expresiones más fugaces.

Mi ex mujer, cuando la desposé, tenía apenas más de veinte años. Después de traer al mundo a dos niños, algunos de sus rasgos, no diría que han cambiado, pero se han modificado en parte. De una estatura bastante grande aunque verdaderamente no muy alta, ella era bella, con un cuerpo y una cara bastante lejos de la perfección. Su figura larga y delgada tenía ese aire esquivo, perdido, casi impenetrable que tienen a veces las diosas clásicas en algunos mediocres cuadros antiguos cuya incierta pintura se volvió más titubeante aún por la pátina del tiempo.

Pero, su apariencia física nunca fue un escollo en nuestra relación.

Mi incapacidad de contenerla fue la verdadera piedra angular del naufragio. *"No me siento protegida"* era una de sus constantes quejas. Nunca supe cómo hacerlo. Antes era más fácil, porque si un T-Rex se apersonaba, entonces salías a darle mazazos o lanzazos, y ganaba el mejor de los dos. De una u otra manera, el problema quedaba resuelto. Y si es que volvías, ella te mimaba como un rey. Pero, ¿cómo se hace cuando ya no quedan dinosaurios?

Hasta los gorilas la tienen más clara que nosotros. Los viejos lomo plateado solucionaron el tema de una manera admirable; cada cierto tiempo uno de ellos va e invade el territorio de otro, se pone a romper árboles como un demente, meter más bulla que un desaforado, armar alboroto, *Vandals' style*, mostrar los dientes y golpearse el pecho frente al lomo plateado local, quien se encarga de hacer lo mismo, pero con más brío, energía y fuerza, bajo la atenta mirada de su harén, hasta que el visitante se aburre, se da vuelta y se pierde en la sepulcral selva. El lomo plateado victorioso se queda a disfrutar de los merecidos cuidados de las agradecidas hembras de su serrallo, pensando en no olvidar devolver la cortesía a su amigote.

Mas, hogaño vivimos en una sociedad de *castrati*, ya sin mastodontes que matar, ni anchas estepas por donde transite el hombre libre, ni machos alfa de verdad con quien pelear un rato y salir a tomar después, como con el buen salvaje de Enkidu. Hoy rogamos el pan nuestro de cada día con el sudor de las frentes encadenados a un escritorio, recluidos en una celda devenida en cubículo, atados de pies, manos y cerebro por infinidad de reglas, normas y regulaciones.

¿Lucha, huida o parálisis? Esas eran las tres opciones ante la vida. Ya no lo son, porque hemos sido civilizados, educados y domesticados, expresamente reprimiendo cualquier impulso natural que nos lleve a la pendencia, al combate o a la batalla. Quedan sólo dos senderos; huida o parálisis, verbigracia de la dominación de Foucault. Luego, ser un Macho Alfa hoy en día es muy distinto de lo que solía ser, pues somos pobres bestias enjauladas, dentro de las jaulas nacidas. En la mirada, la añoranza de lo nunca conocido; la libertad.

La verdadera libertad de los espacios sin límites, la de bucear en las heladas vísceras de los océanos azules, la de volar donde tu tesón te lleve, la de vivir y morir en tu propia ley, aunque sea porque el sol derritió la cera de abejas de tus alas y caíste en picada al oscuro mar de la aflicción, cual negro cormorán. En nuestros días, la única ley, razón y métrica del éxito es el vil dinero y con treinta monedas de plata compras lo que sea y a quien sea. Los empresarios, siempre entendidos en estos temas, lo saben y es por eso que disfrutan del mercantilismo, capitalismo o neoliberalismo a destajo comprando diputados, ministros y senadores a diestra y siniestra, muy a pesar de los reclamos de los moralistas de siempre. No entiendo el problema ético, ¿por qué no habría de comprarse uno un político si estamos en un sistema de libre mercado?

Ahora, volviendo a lo nuestro, ¿cómo la protejo con un mísero sueldo de empleado bancario? ¿Cómo le doy todo lo que necesita? ¿Cómo le compro cada uno de sus antojos? Simplemente, no se puede. Al menos, yo no pude, no puedo y no podré nunca. Por eso, me fue imposible hacerla sentir protegida, pues ella esperaba un mejor proveedor del que jamás supe ser. Dicho de otra manera, ella buscaba un esposo y yo una pareja.

*"Billetera mata galán"* solía decir cierto sabio porteño.

—Partió como una simple salida a cenar —estaba diciendo Marco—, una puta cena —con ironía contenida en su voz.

—¿Y qué pasó? —indagó Mauro.

—Pasó que la tipa esa nunca más dejó de perseguirme. Todos los días me manda mensajes para contarme tonteras, me pregunta cómo estoy a cada rato, se aparece siempre donde sabe que voy a estar, me saluda para mi santo y me llama para mi cumpleaños —respondió el aludido.

—Pero, ¡eso es acoso! —se río Pancho.

—¿Sólo porque la llevaste a cenar? ¿No habrá sido por ese bullado fin de semana largo en Buenos Aires? —inquirió Mauro.

—Bueno, ¡sí! Lo pasamos la raja eso sí, literalmente. Usé las millas que tenía para quedarme en una *suite* del Hilton™, la llevé a los mejores restoranes de Puerto Madero y hasta fuimos de compras al *shopping*, ese de Recoleta, el Patio Bullrich®. Obvio que hice mierda la tarjeta, pero esa tipa era demasiado rica —confesó Pancho—. Claro que todo eso fue antes de la enfermedad de mi madre.

Pablo, nuestro Sensei, lo miró con cara de compasión y habló:

—Ante los ojos de esa chica, te mostraste como aquel ser mítico que tanto anhelan; un soltero con el cuento armado para que le solucione la vida.

—¿Qué es eso? —pregunté.

El Sensei se irguió en su silla, como para dar un discurso, una cátedra o una prédica:

—El ser un soltero con el cuento armado es cierto estado de gracia al cual llega, brevemente, el hombre y que lo vuelve súbitamente muy apetecible a las féminas. Dicho estado de gracia suele alcanzarse un par de años después de terminar los estudios superiores u otros cuantos años después del primer divorcio o, simplemente, al nacer con una cuchara de plata. El tener el cuento armado involucra conceptos que van desde una estabilidad laboral, financiera e inmobiliaria a toda prueba, pasando por un perfil psicológico libre de rollos mayores hasta esa indefinible prestancia reflejo de cierta seguridad interna que tanto seduce a las mujeres. De más está decir que son muy pocos los hombres solteros o cuasisolteros con el cuento armado y, a menos que sean tetrapléjicos, suelen atraer a las hembras de la especie como la bosta a las moscas. El poder contar su cuento en frases completas y sintácticamente correctas normalmente entrega puntos adicionales en este juego. El demostrar la habilidad de bailar al ritmo de la música de moda te hace subir en un santiamén dos niveles en una partida de este deporte. Algunos estudiosos apuntan a la necesidad de las mujeres de ver solucionada su vida como la principal razón del inapelable atractivo de los hombres solteros con el cuento armado.

—¿Cómo se soluciona la vida entonces? —seguí preguntando—. ¿Y quién plantea la ecuación para la vida? ¿Dios?

—El que le solucionen la vida es la muy secreta, y a veces ni tanto, esperanza edípica, endémica y empedernida de las mujeres, la cual suele pulular en sus inconscientes como abejas en un primaveral campo de albas margaritas. Básicamente, es la esperanza de pillar al hombre con el cuento armado, *Mr. Right* en inglés, quien habrá de hacerse cargo de ellas y atender a todas sus necesidades emocionales, sexuales, nutricionales, económicas, *divertimentísticas* y las que se les ocurran, convirtiéndose en un sucedáneo del padre, pero sin sus defectos, como el de haber sido la pareja de la madre. No os fiéis de las mujeres liberadas, autónomas e independientes pues la experiencia ha demostrado una y otra vez la altamente reprimida, pero no por eso menos fuerte, muy por lo contrario, existencia de tal esperanza en el melifluo abismo de sus corazones, la cual al estar contenida es un fecundo manantial de contradicciones, confusiones y conflictos. Recuerden que en el fondo del lóbrego inconsciente de cada mujer independiente, existe una acendrada princesa reprimida a la paciente espera de que llegue su príncipe azul a rescatarla con un ósculo de amor. Otras, las infantas menos sufridas, luchan abiertamente por liberarse del conjuro de la soltería. El hombre sabio sabrá solucionar la vida de la mujer amada sin caer en la trampa de sobreprotegerla, ahogarla o anularla. De más está decir que no conozco ningún hombre sabio. Sin embargo, me han explicado que el comprarle un auto no entra dentro de la categorización de sobreprotegerla, ahogarla o anularla, sino, justamente, todo lo contrario. Los estudiosos hablan sobre la necesidad imperiosa de los hombres, solteros o cuasisolteros, con el cuento armado de precaverse de las mujeres en busca de tener solucionada su vida, especialmente cuando andan justo en la edad de la obsesión ferroviaria, pues ellas suelen ingeniárselas para acertarle a una solución de tiro con el fin de cazarlos, generalmente mediante una de esas sorpresas olorosas, lloronas y recién nacidas. La experiencia igualmente ha demostrado la utilidad de la ciencia moderna, del ADN y de los test de paternidad, antes de reconocer lo que sea —terminó de explayarse el Sensei antes de que nos quedáramos dormidos por completo.

—Están todas locas —enuncié.

—¿Tú crees? —dijo Pancho—. ¿No habrá alguna por allí que no lo esté?

—Ciertos días me pregunto si la oración inversa no es verdadera a su vez —reflexionó Mauro—. ¿No estaremos todos sufriendo de algún tipo de demencia, oligofrenia o, a lo menos, frenomalacia?

—¡Deja de hablar en iatrodungun! —exclamé.

—¡Cuando dejen de hacerlo en ecuaciones! —replicó Mauro.

—¡Bueno ya! Haré un esfuerzo. Ahora bien, en una ocasión me bajó la misma interrogante. Fue un domingo, al despertarme, cuando no pude decidir si la noche anterior me había acostado con una mujer muy fea o con un monstruo muy bonito...

—El resultado es el mismo, en todo caso —hizo notar Marco.

El Sensei profundizó el argumento con una pregunta interesante: —¿Le calculaste la dimensión fractal a tu monstruo?

La risotada fue general.

—No pude —respondí—. No me dejó.

No obstante, desde el punto de vista teórico había sido una buena pregunta, pues los fractales eran cada vez más usados para cuantificar las estructuras complejas de la naturaleza otorgándonos, por fin, una métrica formal para la estética. Por ejemplo, si el monstruo hubiese tenido una dimensión D con un valor de 1,5 a 1,7, al igual que las pinturas de Pollock para citar algo, hubiese significado que me acosté aquella noche con la alfombra, toda manchada de copete y restos indefinibles de pizzas, y no con una chica. Ambas alternativas existían en los inciertos espacios de la plausibilidad y del desenfreno etílico.

—En cierta ocasión calculé la probabilidad de que la típica enfermera con quien te encuentras en un turno de noche, convención o seminario tenga SIDA comparado con que esté loca, y me dio que era un millón de veces más probable lo último a que tenga una ETS cualquiera —contó Mauro y, tras las risas aprobatorias, prosiguió el relato—. Por eso digo que sólo existen tres categorías de mujeres; las bien medicadas, las mal medicadas y las no medicadas.

Pablo, nuestro Sensei, se sonrió y, nuevamente, se puso en la posición usual para contarnos una de sus legendarias aventuras:

—En un tiempo lejano, después de mi primer divorcio, solía buscar a la mujer ideal; aquella mujer inteligente, degenerada y estéril. Como un antiguo caballero andante, dediqué mis días y noches a su búsqueda, entregué salud y fortuna en pos de ese Santo Grial; la mujer perfecta. *"Pidan y se les dará; busquen y encontrarán; toquen y se les abrirá"* dicen por allí, así que al final el genio maldito me concedió el deseo; la encontré, abrió su casa y se me dio. Mara se llamaba. Era vegana y madre de tres endemoniadas hijas. La primera semana encerrados en su apartamento tirando todo el día fue de mil maravillas, pero cuando al mes le traté de explicar que tenía que salir un rato a pagar las cuentas, trabajar un poco y ese tipo de actividades mundanas y pedestres, la loca me armó un bochornoso escándalo de celos; que ya no la quería y todo un montón de cosas de la misma calaña. En ese momento decidí que era la mujer casi perfecta, pues me faltó un criterio de selección adicional; que esté cuerda, que sea cuerda y que no esté desquiciada por completo.

—Hay que ser muy específico en el requerimiento porque los Dioses son traviesos —opinó Pancho.

Era una historia archiconocida, pero no por eso dejaríamos de escucharla, pues, como toda crónica de un iniciado, las enseñanzas del Sensei bien valían su peso en plata, oro y platino, exactamente ordenadas en bolsas de cuero con treinta monedas cada una.

—¡Cresta! Para mí, la tipa ideal tiene que ser una dama en el salón, una esclava en la cocina y una puta en el dormitorio —aseveró Marco.

—En mi opinión personal, la mujer perfecta es la de tetas grandes —sugerí.

Pancho me sopesó con la mirada antes de intervenir diciendo: —Los chinos cuentan que la mujer ideal tiene la mitad de la edad de uno, más cinco años.

Tras un breve silencio, todos nos reímos de buena gana antes de alzar nuestras copas a la salud de la mítica mujer ideal.

—Los cagué a todos los huevones, porque yo la tengo en casa —afirmó Mauro.

Rememoré algunos fragmentos de mi clásica educación segundaria, extrañamente útiles en este momento, pues resulta que a pedido del mismísimo Zeus y para vengarse del robo del fuego desde su propia forja, Hefesto creó a la primera mujer, aquella curiosa portadora de todos los males de la humanidad; doña Pandora. Con ese origen, ¿cómo puede existir una mujer perfecta? Bien sabía él de las imperfecciones del género opuesto, gracias a las profusas enseñanzas de su esposa, la bella Afrodita. Quizás por eso decidió crear a las Κουραι Χρυσεαι, esas dos doncellas doradas, autómatas de oro con la apariencia de jóvenes mujeres vivas, poseedoras de inteligencia, fuerza y el don del habla, quienes lo atendían en sus más mínimos deseos. Hefesto amaba perdidamente a su esposa, razón por la cual le perdonaba todas sus incontables infidelidades. Esa fue la primera gran pareja dispareja; ella, de una belleza más allá de lo humano, incapaz de hacer nada productivo, ni siquiera de limpiar, pues tenía un único objetivo para su existencia, el amor carnal, y él, cojo, sudoroso, con la barba desaliñada y el pecho descubierto, siempre pasado a humo, creador, forjador e inventor de cuanto artefacto usaran los Dioses, semidioses y héroes.

Gracias a ese déspota amor Hefesto no cayó en el pecado de Pigmalión, hijo de Belus, cuando dicho escultor se enamoró de Galatea, la estatua de marfil de su manufactura, cincelada a la imagen y semejanza del platónico amor suyo; Afrodita, quien al apiadarse de tan necesitado artista, le dio vida a la efigie, pero sin incluir sus propios defectos. Sin embargo, la agalmatofilia es para los débiles de espíritu, pues no se puede amar aquello que pasó de lo inanimado a la vida. Hefesto supo hacerlo con las *Kourai Khryseai*, pues las trataba como hurís y no como verdaderas mujeres de carne y hueso.

Al tener yo una fe ciega en la tecnología, supongo que mi mujer ideal sería una RealDoll™, de tetas grandes, animada gracias a una inteligencia artificial; capaz de cocinar, lavar y planchar, pero sin voz ni voto.

Pablo tomó la palabra: —Sin embargo, sigo buscando, quizás ya no a la mujer ideal, sino a una con la cual se pueda simplemente vivir e, igual, no la encuentro.

—¿Volverías a vivir con una mujer, que no sean tus hijas? —pregunté sorprendido.

—No lo sé. Pero tengo el atisbo de la sombra de una teoría. ¡Quizás! Quizás haya llegado la hora de patear el tablero e inventar algo nuevo, de innovar en cómo plantear las relaciones —repuso el Sensei.

—Esta huevada del matrimonio *is absolutely and completely broken*. ¡Ningún puto manual de autoayuda la salvará! —afirmó Marco.

—¿Y cuál sería tu teoría? —preguntó Pancho.

—Bueno, ¿cuál es la función del matrimonio en la sociedad? Básicamente, es un contrato entre dos personas, usualmente de sexo opuesto, para gestionar el patrimonio de la sociedad conyugal, en beneficio de los hijos por lo general. Entonces el matrimonio es un contrato, quizás hasta leonino, pero eso es. Ni más ni menos. Claro está que es una relación contractual con una estructura sesgada que podemos reconocer hasta en la etimología pues matrimonio viene del latín *mater*, madre, mientras que patrimonio viene de *pater*, padre. En otras palabras, el hombre pone la plata y la mujer se encarga de la felicidad conyugal. Así de simple. Pero, ¿qué hacemos ahora que ambos ponen las mismas moneditas en la alcancía hogareña? Digo, además de aprender a cocinar, lavar los platos, planchar las camisas y todos esos pequeños detalles domésticos. ¿Alguien dijo reingeniería de procesos? —expuso el Sensei.

—Por eso mi ex decía siempre que *"lo tuyo es mío y lo mío es mío"* —atestiguó Marco.

—Si entiendo bien lo que dices, ¿le estás proponiendo a los políticos que se olviden del matrimonio gay y que se concentren en arreglar el tan denigrado matrimonio heterosexual? —indagué.

—¡Exacto! —respondió Pablo, nuestro Sensei—. Fíjate que la taxonomía de las posibles relaciones es grande; monogamia cerrada entre dos personas de cualquier sexo, poligamia abierta y declarada, o sea, un hombre con más de una mujer amancebados bajo el mismo techo, poliginia funcional, lo mismo que el anterior, pero con cada mujer en su propia casa, tal como suele usarse en la mayor parte de América Latina, poliandria abierta y declarada, o sea, una mujer con más de un hombre amancebados bajo el mismo techo, poliandria funcional, lo mismo que el anterior, pero con cada hombre en su propia casa, monogamia abierta entre dos personas del género que sean.

—Mmm...   En el último caso, tienes tres variaciones; monogamia abierta con tríos eventuales y casuales, en los cuales la pareja, por turno, invita a un tercero a participar de los juegos de adultos en una cama, la monogamia abierta y transparente en la cual cada miembro tiene el permiso de tener relaciones ocasionales con la única condición de siempre contar los detalles a la vuelta al hogar, y la monogamia abierta y opaca en la cual, si bien el permiso para tener relaciones ocasionales es explícito, nadie cuenta nada bajo la premisa de que *"ojos que no ven, corazón que no siente"* —expuso Pancho, con su sincretismo habitual.

—No se olviden del nunca tan bien ponderado *ménage à trois* en el cual tres personas de costumbres y hormonas revueltas conviven amancebados —comentó Mauro desde la sonrisa del recuerdo.

—De seguro deben existir muchos tipos más de relaciones, pero son las que conozco y he practicado, en esta u otras vidas —continuó el Sensei.

Miré la festiva iridiscencia de mi copa de cerveza, tomé otro amargo sorbo e hice notar que: —Partimos hablando del matrimonio como contrato social y terminamos discurriendo de con quién tirar...

—Justamente, el acoplar el placer del sexo con las ilimitadas peripecias de la organización doméstica unida a la gestión patrimonial común, pues ya no funciona. Propongo desacoplarlas. Abramos el *kimono* y pongamos este tema en la mesa y en la cama. ¿Con qué fin? Bueno, para reparar una institución mal adaptada a la modernidad y lograr así la estabilidad y felicidad matrimonial de todos nosotros. No es un desafío menor ni poco importante. Debiese de ser un proyecto país —se explayó Pablo.

—Ahora, ¿qué hacemos con los regímenes patrimoniales del matrimonio? —indagué.

—Simple: repensarlos y actualizarlos. Si los contratos de prestaciones de bienes y servicios están hoy en día tremendamente diversificados, ¿por qué no hacer lo mismo con el primitivo acuerdo matrimonial? Exploremos entonces lo que implicaría matrimonios del tipo *leasing*, arriendo, tiempo compartido, usufructo con promesa de compra, *outsourcing*, *insourcing*, a plazo fijo, renovables, con multas, premios, seguros, etc. Ya es gran tiempo de modernizar esta vetusta institución antes de que se derrumbe completamente —sentenció el Sensei.

—¿Y el sirvinacu? Eh... ¿Cómo pueden olvidarse del catrimonio a prueba de lo andinos? —manifestó Pancho.

—Te puedo apostar de que la derecha nunca apoyará tu propuesta, escudándose en sus valores como suele ser su costumbre —anunció Mauro.

—Nuestros notables no son los de antes, pues ya ni siquiera defienden el consuetudinario Derecho a Pernada —replicó el Sensei—. ¡Cuando lo repongan volveré a votar por ellos!

No dejaba de ser verdad que en este país los llamados conservadores lo son porque conservan; sus minas, sus cosas materiales y su poder. ¿Qué más esperar del nuevoriquismo?

—¿Qué pasa con las despedidas de soltero? ¿No las querrán eliminar también? —preguntó preocupado Marco.

—Claro que no. Ciertas cosas no deben cambiarse nunca —afirmó Pablo.

—¿Se acuerdan de la despedida de soltero de Rodrigo? —comentó Marco—. Terminamos todos tirados en cualquier lado dentro de nuestros sacos de dormir en esa cabaña en la playa. Rodrigo estaba completamente borracho, casi en coma etílico. Supongo que nosotros también, pues a alguien se le ocurrió la idea de maquillarle la cara como a una mujer, con rímel, delineador y lápiz labial. Así al día siguiente le habríamos contado que estuvo bailando en pelotas como *stripper* para nosotros. Quizás ponerle leche condensada en el culo para que crea que lo habíamos violado fue demasiado.

—¡Yo fui el de la idea! —confesé—. ¡Se enojó! Putas que se enojó cuando despertó a la tarde siguiente. Amenazó con demandarnos a todos por daños y perjuicios morales. Y nosotros muertos de la risa, revolcándonos en el suelo, mientras él nos gritaba maquillado y desnudo. Más amenazaba y más nos reíamos...

—En Gringolandia quizás habría tenido éxito en un juicio por detrimento psicológico, pero aquí —comentó Pablo.

—En eso los yanquis son una mierda, pues levantas una piedra y te salen dos abogados dispuestos a enjuiciarte hasta por el modo de caminar —alegó Mauro—. ¡Orquitripsia para todos ellos! El permitir que cualquier universituto fabrique abogatruchos por miles quizás sea la peor de todas las secuelas de la dictadura.

Cierta razón tenía el galeno, porque allá en el norte nuestra tradicional empanada tendría que venir con una advertencia legal de que, eventualmente, podría contener una aceituna con cuesco, el cual quizás sea dañino para la dentadura, obviamente al lado de la consabida etiqueta de calorías, sodio y materias grasas polisaturadas. Aquí es cuando me faltan indicadores de gestión. Por ejemplo, el porcentaje de abogados comparado con el PIB per cápita, pues sospecho que el nivel económico de un Estado es inversamente proporcional a la cantidad de abogados pululando en su seno, porque son gente que no produce nada, no fabrica nada, no inventa nada, no exporta nada; unos perfectos parásitos. Prueba de ello, casi todos los políticos son abogados. ¡Son una plaga bíblica! Pues a estos indeseables comensales de nuestra patria, los terminamos alimentando el resto de nosotros. Otra métrica faltante; la curva de distribución de ingresos versus el cociente intelectual, por país.

—Claro que este último tiempo Rodrigo cambió de opinión y nunca perdía una ocasión para hablar mal de los abogados —contó Pancho—. No sé qué pasó, pero terminó odiando la noble estirpe de los picapleitos.

Súbitamente, el éter se llenó de bocinazos, pitos y silbidos. En la calle, un par de vehículos entablaron un duelo a golpes de claxon mientras que en la plaza un pelotero pelotudo, con camiseta de la Selección, se sumaba al cacofónico concierto soplando en una *vuvuzela*, como si su vida dependiese de ello. Para no hacer menos, la alarma de una camioneta decidió sumarse a la celebración futbolística.

—¡Métete la *vuvuzela* por el culo! —grité mientras pensaba en varias maneras anatómicamente incorrectas de introducir la mentada corneta en la cavidad abdominal del desafinado trompetero por algún conducto *non sancto*.

—Le va a causar esfinteralgia al pobre hincha —comentó Mauro.

—No es mi problema —contesté, pues su perspectiva clínica no era relevante ante tamaña profanación auditiva—. ¡Él está violando mis tímpanos!

Instintivamente, busqué refugio en mi schop de Torobayo® pues nunca me ha interesado el fútbol, lo cual resulta absolutamente incomprensible para la gran mayoría del país, incluyendo a algunos dentro de lo más nutrido y granado de mis amistades. En muchas ocasiones había tenido que fingir ser hincha de un equipo pues era más fácil la mentira piadosa que explicar mi posición ante el opio del pueblo, como con la mina con la cual salía últimamente…

¡La mina!

¡Mi *Tinderdate* de hoy!

Se me había olvidado por completo.

Discretamente, me levanté con la muy veraz excusa de necesitar aliviar mi vejiga para desaparecer rumbo al váter y aproveché la parada enviando un mensaje anulando la velada por fuerza mayor. Total, si se enojaba y me mandaba a la mierda en primera clase, pues estaba lleno de otras locas y, con que no se parezcan demasiado a ET, bastaba y sobraba.

Mientras disfrutaba de mi dudoso empinamiento y del caudal de mi agüita amarilla, Tinder™ aguijoneó mi memoria. Había investigado a la compañía hasta encontrar el nombre de la VP de RR.HH. a quien tapé de correos con los escuálidos antecedentes laborales cosechados hasta ahora. ¡Hubiese hecho cualquier cosa para trabajar allí! Imagínate, ¡administrar una aplicación móvil geolocalizada con ochocientos cincuenta millones de *swipes* y diez millones de *matches* al día! Esa sí que es una plataforma en serio. Nunca me respondieron siquiera.

Con desazón inicié el retorno a la mesa, el cual interrumpí al divisar a la mesera, alcé mis brazos para llamar su atención y yo, el que tiene sed, pedí más cerveza. Después, me senté frente a mis amigos.

—Ella estaba pasando por una etapa terrible —decía Pablo—. No soportaba que estuviese en casa trabajando en la mesa del comedor, pero alegaba que me la pasaba día y noche con los clientes. Una vez me armó un escándalo por los libros, CDs y DVDs que tenía por todos lados en la casa. ¡Me pidió que los ordenara!

—¡Pero si tu eres enfermo de metódico! —espetó Mauro—. ¿Qué hiciste?

—Le hice caso. ¿Qué más podía hacer yo? —respondió el Sensei—. Así que tomé mis cosas y las fui guardando en cajas de cartón. Día por medio hacía una y me la llevaba. En menos de un mes terminé la faena y no volví más a casa. Y así fue como las colecciones quedaron perfectamente catalogados en mi nuevo apartamentito.

—¿Ella no se dio cuenta de nada? —pregunté.

—Al comienzo estaba contenta porque ordenaba la casa, pero al tercer día de no aparecer se preocupó y cuando le conté que no volvía más, pues, se emputeció como nunca.

—Propongo un *toast* en honor del genial inventor de la mudanza hormiga —dijo Pancho mientras alzaba su copa de inmediato imitado por todos nosotros.

Sentí el celular vibrar en mi bolsillo. Era un mensaje SMS enviado automáticamente por un proceso del Banco que rezaba así: `DFHPG0207 Autoinstall for program FP033    failed. The program name is not valid.`

—¡Putas la huevada! —me exclamé—. El proceso *Batch* de Cartera Vencida no pasó el QA.

Saqué el *notebook* del bolso, lo abrí, puse sobre la mesa y, anclándome al wifi del celular, me conecté al portal de desarrollo del Banco. Tenía que despiojar el *bug* en ese programa COBOL/CICS.

—¿Te vas a poner a trabajar ahora? —preguntó incrédulo Mauro.

—Bebido programo mejor —respondí.

Ignorando el muro de las asombradas miradas, navegando en el laberinto del código, me sumergí en la intrincada lógica hecha verbo perdiéndome en los oscuros vericuetos procedurales.

—Bienaventurados los beodos porque ellos verán al *bug* dos veces —declamó Pablo, nuestro Sensei.

# ¿Seré aún bella?

`IF ERROR GO TO ENDPROG.`

> *Double, double, toil and trouble;*
> *Fire burn and cauldron bubble.*
> *William Shakespeare, Macbeth, Act IV, Scene I*

Sé que me acusan de soberbia, y tal vez de mitomanía, y tal vez de locura. Tales acusaciones son irrisorias. Es verdad que no salgo mucho de mi casa, pero también es verdad que sus puertas están abiertas día y noche a los hombres. No hallarán mis verdaderos pecados allí. ¿Quién habría de acusarme de ellos? Por ejemplo, ¿acusarme de ser feliz? ¿O de vivir mi vida como si fuese un macho de la especie? ¿Acaso mi independencia no es causal suficiente? Porque, su Señoría, de todo eso sí soy culpable. Confieso ser una mujer soltera, a mi edad. Además, concedo la ofensa de tener éxito económico, porque gano mucho más de lo usual para los hombres de mi condición. Admito, incluso, tener una libido muy superior a la del típico Macho Alfa. Acaso, mi más grande pecado es el de tener una vida propia; pues el delito mayor de la mujer es haber nacido. Una vida personal sin críticas ni halagos vanos. Disfruto de mi tiempo, de mis pasiones, de mis grandezas y pequeñeces y no debo dar explicaciones. Duermo en una cama grande sin toparme con nadie, estilo Leonardo da Vinci si quieren, si busco la sábana fría está disponible a mi lado y en cualquier parte de la cama en donde no estoy. Despierto cuando quiero y no me veo obligada a abrazar a nadie, ni oler, ni hablar, ni explicar nada a ninguna persona. Estoy plenamente conmigo misma en cada momento. Elijo con quien estar y por el tiempo que me resulta grato. No tengo que dejar de leer el libro de mi agrado para conversar o simplemente hacer como que estoy atendiendo a otro. Decido qué, cuánto y cuándo comer de acuerdo con mis propios deseos, dejo las cosas en dónde a mí me gusta y éstas no se mueven de manera inmanente. En fin, son demasiados asuntos gratos.

Carolina siguió con sus preguntas: —Vania, y eso de Tinder™, ¿qué es?

—Es la mejor aplicación de flirteo para *smartphones* existente hoy en día. Mira, con Tinder™ tienes en la punta del dedo toda la oferta del mercado de hombres, ¡literalmente! Es muy simple de usar. La instalas en tu teléfono, le permites usar tu perfil de Facebook® para que saque tus fotos, pones algunos detalles como tu género y rango etario preferido y ¡listo! ¡A jugar con el dedo índice se ha dicho!

—¿A jugar con el dedito? —preguntó Andrea—. ¿No es una paja eso?

—¡No es una paja! Es más fácil que clase de gimnasia. ¡Completamente lúdico! En la pantalla van apareciendo las fotos de los hombres que calzan con tu perfil y que están cerca de ti. ¡Es un desfile privado de minos calientes! Si el huevón es feo, deslizas tu dedo mostrador hacia la izquierda y ¡chao pescao! Nunca más lo verás en tu vida. Pero si el mino es un bombón, deslizas tu dedo índice hacia la derecha dándole así un *Like*.

—¿Y eso es todo lo que hay que hacer? —inquirió Carolina.

—No. Aquí viene la parte difícil; ¡esperar!

—¿Esperar qué? —preguntó Ximena—. Cuando estoy en un momento de necesidad, no soy muy buena con eso de la paciencia.

—Esperar a que un mino te haga un *Like* a ti. Recién allí puedes empezar a chatear con él para ver dónde, cuándo y cómo se van a juntar.

—Este sí, este no, este me gusta, este me lo como yo —canturreó Ximena.

—O sea que el camino al Infierno está empedrado de dedos índice deslizándose —reflexionó Paulina.

Mi amiga siempre con su pensamiento lineal, tan secuencial y errado, cuando la vida es más bien un juego y no una carrera, un tablero de ajedrez y no un camino, en el cual debemos hacerle jaque mate a la existencia misma.

—¿Y si ninguno me hace un *Like*? —indagó Andrea.

—Eso es grave. Significa que estás fuera del mercado. Allí tienes que cambiar tu oferta; cambio de peinado, foto de perfil, gimnasio, régimen, cirugías, ¿qué sé yo?

—A nadie le falta Dios —comentó Paulina.

No me atreví a contarle a Andrea el principal defecto de esa estrategia, asumiendo *cæteris paribus*, pues muy pronto se cae en la ley de los retornos marginales decrecientes. O sea, si la oferta base no es muy buena, aunque inviertas una fortuna, ésta nunca llegará a ser espectacular, por lo que, *mutatis mutandis*, igual podrías terminar sin un mino que te regale siquiera un *Like*. Claro está que había otra opción, pero tampoco tuve el corazón de contársela a mi amiga. Una opción que iba por el lado de la demanda; la de bajar las expectativas del huevón a conseguir. El mercado, como siempre, es cruel y su segmentación es despiadada. Por eso su mano invisible hace que en la cama terminen siempre los feos con las feas, los gordos con las gordas, etc. Algunas, cada vez menos, se casarán por la posición del huevón más que por su *look*, pero pronto se consiguen un amante y al final igual terminan separadas.

Mis amigas nunca dejan la majadera cantinela del *"déficit de picos en este país"* sin darse cuenta de que no buscan picos así no más, sino picos calificados, clasificados y seleccionados por su capacidad económica, estatus social y nivel cultural. Extrañamente, como producto, el pico es más valorado por sus atributos extendidos que por los intrínsecos. Quizás sea porque la solidez argumental de estos últimos no salta a la vista, a pesar de las innegables y meritorias bondades *per se* del producto base. Sea lo que sea, esto produce un mercado imperfecto, con todas sus distorsiones y sin ninguna Superintendencia que lo fiscalice, causal del descalabro relacional en el cual vivimos todas.

Por eso, yo tengo mi solución al problema. Es trivial. Si no filtras y aceptas lo que venga, siempre tendrás sexo. El ejemplo canónico es la Santa Patrona de las *warriors*, Mme. Catherine Millet, quien vivió toda su vida bajo el simple precepto de nunca, pero jamás de los jamases, decirle que no a nada ni a nadie en lo que a sexo se refiere. ¡Iba a todas las peleas! Fue una insigne guerrera y una mejor mosquetera. No contenta con eso, escribió un libro sobre cómo y por qué decidió vivir su vida de esa manera, con abundantes, extensas y gráficas descripciones, el cual se convirtió en un *best seller*, volviéndola más rica aún. ¡Ídola!

—Y... Sí, Vania, todo bien, esta es la herramienta ideal de toda *warrior* que se respete, pero el guerrear no siempre resuelve el problema de fondo.

—¿Cuál sería el problema de fondo Xime?

—Y... ¡El orgasmo! ¡Cumplir con el deber del orgasmo! En este país los hombres no saben tirar.

—¡Ja, ja, ja! No entendí —dijo Andrea, tras una estrepitosa carcajada.

—Amor con amor se pagan —explicó Paulina.

—El deber de un hombre es darte, como mínimo, un orgasmo antes de tomar él su placer. Es sólo un tema de buenos modales, ¿o no Xime? —aclaré.

—Claro que sí, pero los huevones en Chile no saben cómo hacerlo. Para ellos la cosa es simple, se suben, lo meten, se mueven y terminan, y asumen desde lo más profundo de su egolatría machista que el suyo es el instrumento más grande de todos y que tiran como los Dioses. ¡Falso! ¡Falso de toda falsedad! La verdad es que los condenados tiran pésimo. No saben besar ni acariciar y menos tocar. Y el *cunnilingus* les da asco, pero ¡exigen su mamada aperitivo para que se les pare! Están tan metidos en su propio cuerpo que no se fijan en el tuyo; simplemente lo usan. En definitiva, se masturban con tu anatomía pero no se conectan contigo, no te hacen el amor, sólo te tiran, asumiendo que tú agarras tu placer de alguna manera, pero eso no es problema de ellos — explicó Ximena.

Tras un largo suspiro, añadió: — Y mi François me lo lengüeteaba tan rico.  Era su especialidad.  Lograba llevarme a *la petite mort* cada vez…  A punta de besos… Allí…

Un silencio impuso su pausa, nos miramos todas, levantamos nuestras copas de vino tinto y brindamos sin ruido por todos los orgasmos devengados, mirándonos a los ojos en vano afán.  El problema de fondo es que el tirar es una técnica, como el nadar, bailar o tocar un instrumento.  Sí, algunos tendrán más facilidades que otros, pero no deja de ser una técnica. Como toda técnica, si la estudias, aprendes de los maestros y practicas, vas a mejorar.  Así de simple.  El cuerpo de una mujer es un difícil instrumento, se debe saber tocar bien para hacerlo cantar todas las notas de la gama del gozo.  Un buen artista es capaz de sacarle melodías, ¡qué digo!, sinfonías al instrumento que toca. Pero, para eso, debe dominar su técnica.  ¡Nadie nace sabiendo tirar!  Se aprende, pero al azar de los encuentros en el sendero de sábanas transpiradas de la vida y no en el colegio, como debiera ser.  Hasta en eso la educación en Chile es pésima.  En nuestro país ni siquiera existen clases para adultos de como tirar bien. ¡Puchas que se te echa de menos Wilhelm Reich!

— ¿Nos queda el puro vibrador entonces? — preguntó Andrea—.  Por lo menos así logro llegar…

—Me temo que un vibrador no te llama por tu cumpleaños, ni te manda flores y, desde luego, no puedes presentárselo a tus padres —anunció Paulina.

—¡Un hombre tampoco!

—Carolina, no entremos en detalles mejor. ¡Je, je, je! Cariños.

—¡Ja, ja, ja! Qué buena Paulina. Es cierto que muchas veces no puedes presentar un hombre a nadie.

—Eso es un detallito. Lo realmente cierto es que no mandan flores, no te contienen, no se acuerdan de las fechas, ni de nada de nada —insistió Carolina.

Andrea volvió al tema del mentado artefacto: —Encima al vibrador no lo puedes mandar a revisar las ventanas, a darle comida al perro, a comprarte *sushi* o pizza, cuando después de hacerlo te viene hambre. Ni hablar de que el vibrador no abraza ni besa…

Paulina esperó a que la carcajada general muriera de muerte natural para comentar que: —Todo eso es cierto. ¡Pero igual cumple su singular función!

—¡Y sin límite de tiempo! —agregó Carolina.

—Mmm… Y la única ventaja real que le veo es que tiene un interruptor y se enciende y apaga a tu antojo, por lo que siempre logras llegar y no tienes que apurarte, ya sabes, porque el otro condenado se te va en dos segundos y tú te quedas con todas las ganas, con cuello de jirafa, mirando cómo el huevón se puso a roncar—, dijo Ximena, antes de proseguir dadas nuestras expectantes miradas—. Bueno. Si insisten, además no me contagia de SIDA, ni de nada, no debo chuparlo para que funcione, me lo hace por dónde y cuándo quiero, no le importa si estoy gorda y si ando sin depilar, no me embaraza y, pequeño detalle no menor, nunca me pone los cuernos. Sin contar que me escucha todo lo que le digo sin ponerse a roncar.

—Pero, igual las pilas se acaban —siguió insistiendo Andrea, a pesar de la contundente defensa del adminículo de marras.

—Sí... Y también se te puede fundir —retrucó Carolina riéndose.

—Bueno, entre ese aparato y un hombre, no hay gran diferencia, pues los dos hacen como que te escuchan pero en realidad les da exactamente lo mismo lo que les cuentas —hizo notar Paulina—. Todos los hombres ponen cara de escuchar, opinan y después se olvidan completamente y no hacen nada.

—¿No será la solución un hombre con un vibrador? Así se une lo útil a lo agradable —comenté.

—Ésta solución me parece de lo más interesante fíjate tu —manifestó Paulina.

—¡Ja ja ja! ¡Huevona tonta te amo! La vida es demasiado corta como para tomarla en serio y no disfrutar a concho de ella —dije alzando mi copa, antes de articular:

—*Carpe diem, quam minimum credula postero.*

Brindamos por la solución de consenso, pues al final el tener que escoger hombre vs vibrador es una falsa dicotomía. Lo no dicho en esta conversación es la enorme dificultad de encontrar a un hombre que no se sienta atacado en lo más profundo de su masculinidad por tener que compartir a una mujer con un competidor electromecánico. Creo que en su gran mayoría preferirían un trío con otro hombre antes que con un amante robotizado, casi seguramente porque la competencia de quién mea más lejos y de quién tiene el auto más grande no la pueden tener con un pedazo de plástico a pilas. La vida no es justa para los pobres hombres. Ni para las mujeres dicho sea de paso, pues me dieron unas ganas enormes de fumarme un pucho, pero ya no se puede en ambientes cerrados, con cuatro paredes y un techo, verbigracia de la ley N° 20.660. ¡Malditos honorables imputados! Decidí aprovechar el impulso para ir al baño antes de la muy probable borrachera venidera, pues vaticinaba un desafío a la estabilidad de las líneas verticales y horizontales que convertiría una impostergable, justa y necesaria jornada a aliviar mi aflijida vejiga en un calvario, con *viacrucis* y todas las amenidades usuales, en una odisea, ¡qué digo! en una mítica saga, pero de esas nunca cantadas por poeta alguno, pues ninguno se atrevería jamás a hacerlo.

Como estábamos en el segundo piso del ala San Sebastián del Pub Licity®, bajé a la planta baja, caminé hacia la entrada de El Bosque Norte y, tras una media vuelta, encaré la empinada escalera que me llevaría al ansiado destino; el baño de mujeres. Con la esquina de mis ojos, advertí una mesa con dos hombres interesantes; cuarentones, con chaqueta formal, gemelos de plata en los puños de unas camisas sin corbatas, sumidos en una conversación. Uno de ellos, el de los zapatos negros impecablemente lustrados, de cordones y con costura prusiana, me miró justo cuando iniciaba mi ascensión. ¡Muy interesante!

Llegando a la meta tuve la grata sorpresa de no encontrar una larga fila de espera. De hecho, no había nadie. Ahondando en la maravilla, un par de baños estaban desocupados, por lo que pude darme el lujo faraónico de escoger el menos sucio. *«Nunca, nunca, pero nunca te sientes en un baño público»* dijo la voz en *off* de mi Santa Madre, quien logró transitar por su vida sin jamás hacerlo, entre varios pequeños milagros surtidos de perfección de esa mujer que consagró su virginidad con el matrimonio. Varias veces he intentado rebelarme del mandato materno y cometer el sacrilegio de posar mi casi virginal culo en la taza de un baño público, pero me ha sido del todo imposible, pues la voz en *off* aparece automáticamente diciendo «*Nunca, nunca, pero nunca...*». Me da rabia, intento sublevarme en contra de la imposición maternal, pero no, nunca lo logro, pues «*tú no sabes qué enfermedades podrías agarrarte ahí...*» dando rienda suelta a mi perversa imaginación.

Por esa razón, aún teniendo la plena patria potestad de mi empecinado culo, simplemente cumplo con las instrucciones maternas a cabalidad. El primer paso es el de cerrar bien la puerta pasando el picaporte, que en este caso funcionó a la primera, evitándome la interminable e inexcusable, en un excusado, sarta de puteadas silentes destinadas al mentado e inoperante adminículo, el cual suele ser el objeto fálico más odiado por mi género, pues nunca funcionan en los baños públicos. Otra de las ventajas de salir de carrete a bares pitucos es la de siempre encontrar papel higiénico, permitiéndome la exquisitez de no usar cartera, prescindiendo así de la necesidad de buscar un lugar donde colgarla, pues en el suelo siempre cubierto de líquidos indefinibles. ¡*Nica*! Con el mentado papel limpio bien la tabla del inodoro, el tirador de la cadena y luego, con sumo cuidado, pongo varias tiras de papel en todo el perímetro de la taza. Delicadamente, me arremango el vestido hasta tenerlo como sostén y procedo a ponerme en "*La Posición*", la cual requiere de toda la motricidad fina de un *ninja*, la fuerza de una yegua percherona, el equilibrio de un trapecista y la perseverancia ante el dolor de un maestro de yoga. El no usar calzón me facilita la maniobra, pues ahora sólo tengo que abrir las piernas, poner delicadamente un pie a cada lado de la taza y agacharme sin perder el equilibrio, acto no trivial dado mi estado de intemperancia etílica, mientras la vejiga grita de dolor al ser brutalmente comprimida.

Lograda la hazaña, queda la larga espera pues la uretra toma su bendito tiempo antes de relajarse lo suficiente como para realizar su pedestre tarea, tiempo durante el cual los músculos de las piernas empiezan a temblar en señal de protesta, mis pies a querer resbalarse para así precipitarme dentro de la taza mientras una se concentra en la puntería para no mojarse los zapatos nuevos, por muy manchados de vino que estén, el todo acompañado con la voz en *off*... «*Nunca, nunca, pero nunca...*».

Me terminé de producir ante el espejo del tocador para dar lugar a la escena pérfida y minuciosamente estudiada mientras meditaba largamente en el baño. Con absoluta seguridad en mí misma, bajé paso a paso la escalera de cemento desde el segundo piso con toda la elegancia y sensualidad que supo conjurar Audrey Hepburn cuando, vistiendo ese memorable traje de noche rojo, de Givenchy™, bajó vaporosa las escaleras de mármol del Louvre, en la película *Funny Face*. Desde su mesa, los dos hombres interesantes no pudieron evitar desviar su mirada hacia mí, siguiéndome de los ojos mientras desgranaba los escalones y caminaba directamente hacia ellos. Tomé una silla vacía de otra mesa, la arrimé y me senté ante sus atónitas figuras.

—¿Me permiten que los acompañe?

Estupefactos se miraron unos segundos.

—Nos encantaría en otra ocasión, pero me temo que estamos conversando un asunto privado e importante, por lo que le pido se retire —me respondió muy cortésmente el más interesante de los dos con un delator acento madrileño, mientras me observada fijamente los ojos.

Me paré sin pronunciar palabra alguna, di media vuelta e intenté alejarme de ellos con la misma desfachatada hidalguía con la cual había llegado, esperando por lo menos generar algún tipo de arrepentimiento ante la vista de mi culo pandeando. Claro, mi vestido manchado de tinto no era del mismo tono del rojo de Audrey Hepburn ni tuve a la Victoria Alada de Samotracia acompañándome en la espalda. Por lo menos era más alta que la Audrey. Pensándolo bien, con esos zapatos demasiado lustrados, de seguro eran gays.

A paso lento me devolví a la mesa de mis amigas, con los sentimientos en ebullición; despecho, rabia, tristeza, cólera e inseguridad luchaban entre sí. *WTF*? ¿Qué chucha pasó recién? Primera vez en mi vida que me rechazan. ¿Por qué? ¿Seré aún bella? ¡A mí nunca me han faltado ni faltarán los hombres! La próxima vez, bajo sin vestido, en pelotas, con piel en vez de mármol, como una blanca Diosa pagana. ¡Así no tendrán las fuerzas para resistirse!

La conversación seguía rondando alrededor del tema de siempre: los varones, con sus cualidades, defectos, usos y abusos, sin olvidar las siempre importantes técnicas de caza, con abundantes ejemplos de machos históricos y cacerías épicas en la palestra. Con tanta obsesión por el tema, ¿podría de verdad ser útil uno de esos en la casa? ¿Para qué diantres los buscan mis amigas? ¿Comodidad? ¿Protección? ¿Consuelo? ¿Seguridad? ¿Presión social?

—Fue una época superdifícil para mí —estaba cacareando Carolina—. Me desorbitó completamente y no supe cómo actuar. Hacía tres años que vivía con mi segundo esposo, con nuestra chica de dos años y mi otra hija, esa que es niño índigo, cuando, sin buscarlo, en su celular me encontré con unos mensajes a una amiga mía, en los cuales el muy desgraciado le proponía juntarse, que ella estaba muy linda y que él estaba mal conmigo. Me lo callé y desde ese mismo momento me di cuenta de que él estaba muy irritable… Además de superirritante. No sabía qué hacer, qué es lo que debía componer. También estaba lo que sentía dentro mío, que es que no lo quería perder al desgraciado ese… Yo lo amaba.

—¿Y qué hiciste? Lo encaraste espero —dijo Ximena—. Y saben que nunca deja de llamarme la atención la poca solidaridad de las mujeres, yo si sé que es casado soy sumamente respetuosa. ¡No hagamos lo que no nos gusta que nos hagan! Existen mujeres que les encanta huevear con hombres comprometidos. ¡Más empatía con nuestro género!

Paulina opinó: —Había dos caminos; o lo encarabas o agenciabas todos los medios para que no quisiera separarse un solo momento de ti. ¡Una mujer sabe cómo hacerlo!

—¡Lo encaré! Lo encaré y ¡quedó la cagada! Él se fue con mi amiga, quien dejó allí mismo de ser mi amiga, y terminé sola con las dos niñitas. Pero está superbien, pues la verdad es que ya no era lo mismo entre nosotros y las cosas no andaban de lo mejor que digamos. Como el desgraciado había quedado cesante se la pasaba en la casa y no hacía nada de nada salvo salir a trotar. ¡Me tenía chata! —sentenció Carolina.

—¡Huevona!, con él caíste bajo, pasado oscuro. Oscuro… negro… *dark*… —decía Andrea—. ¡Ese gil no te ama ni te amó nunca!

—El marido en casa es como la pulga en el oído —aseveró Paulina.

—¡Sí! Porque los desgraciados que te prometen *"bajarte la luna"*, en la práctica ni siquiera son capaces de bajar la tapa del váter o de cerrar bien la pasta de dientes —añadió Carolina.

—¿Saben?, una buena técnica para unir a la pareja es la de pintar juntos mándalas, así lo colorean según sus gustos estéticos e imaginativos entrando en sincronía en la construcción del espacio sacro mutuo de este ritual —sugirió Ximena, antes de mirarme risueña y preguntar: —¿En qué te demoraste tanto?

—La fila de espera estaba muy larga —repliqué secamente—. ¿Por qué piensan que Gonzalo sabría cómo bajar la tapa del inodoro?

—¡No es relevante en lo más mínimo! Él es un superbuen partido, así que la nana se encargará de eso —respondió Carolina, con tono de obviedad supina.

—No, en serio. ¿A Uds., para qué les sirven los hombres? Porque una nana, me la pago yo —insistí.

—¿Qué onda? —dijo Andrea mientras me miraba genuinamente sorprendida—. Usted sabe, las personitas como yo, tenemos que hacer algunas veces ciertas cosas de macho. El domingo recién pasado, para que no se perdieran los gatos me puse a cortar el pasto. Y esa es normalmente la pega del macho de la especie, pero a falta de uno... quéselevacer.

—A falta de uno, pues se le hace empeño no más —respondí.

—Así es... pero... ¡quedé muertaaaaaaaaaaaaaaaa!

—Es un muy buen ejercicio, para que entiendas lo sacrificada que es la vida del macho de la especie —comenté sólo para molestar.

—¿Sí? Los pocos machos que asumen esa tarea dirás. La gran mayoría de los huevones le paga al jardinero para que la haga —replicó Andrea.

—¡Da exactamente lo mismo! Él se encarga de que se corte el pasto, además, es mejor que lo haga el jardinero así tu hombre no queda cansado ni todo sudado —aseveró Carolina.

Paulina decidió aportar su grano de arena:
—Bueno, que la tarea la haga él mismo o la subcontrate es igual. Con su deber no más cumple. ¿Acaso la limpieza de la casa la haces tú o la delegas en las empleadas domésticas?

—¿Y por qué esa es pega de mujeres? —respondió picada Andrea—. Yo diría que igual debiera ser de machos.

—¿Por qué cortar el pasto es tarea de hombres entonces? —intervine.

—Porque tienen más fuerza, la maquinita es pesada, la manilla para tomarla es grande, como para el tamaño de las manos de un macho, no para manitos pequeñas de mujeres... ¡Te lo encargo! —insistió Andrea.

—Mismo concepto, pero al revés, los hombres tienen las manos demasiado grandes para hacer cosas tan delicadas como limpiar un baño —dije para seguir molestándola.

—Naaaaa... a los machos les cabe perfectamente su mano en los artefactos del baño, encima alcanzan donde una no y son menos asquientos que nosotras.

—No Andrea, eso es una falacia.

—Ninguna falacia. Es no más —respondió bien tostada la aludida.

Ximena habló desde su sapiencia: —Miren, esto es muy simple y los chinos la tienen clara hace milenios. Se los explico con dibujitos, con esos monitos que ellos usan para escribir. Y bueno, el de mujer es un niño bajo un techo mientras que el de hombre es un brazo fuerte en un campo de arroz. ¿*Tá* claro?

—Se llaman sinogramas los monitos esos —dije.

—Mmmm... Machista la sicóloga esta. Me agrada ese concepto, la mujer refugiada de las inclemencias de la vida, mientras el macho fuerte trabaja para protegerla y proveerle lo necesario. ¡Me gusta! ¿Quién fue el conchasumadre que inventó lo del feminismo? —preguntó Andrea.

—Fuimos nosotras las mujeres quienes inventamos ese concepto —respondí.

—Un error si me preguntan, pues me quedo más con ese concepto machista. Yo debí haber nacido para pintar, escuchar música, leer... ¡Sí! Alguna loca que se le ocurrió que estábamos mal así y nos arruinó a todas... y quedó el chancho mal pelado —expuso Andrea, a modo de reflexión.

—¡Por el machismo! —brindó Paulina.

Nos reímos y la acompañamos en el brindis: —¡Por el machismo!—, todas en ese estado de beatitud etílica que precede a la anarquía geométrica de la verticalidad. Claro está, el caos asimismo estaba en las ideas; pues sobrias ninguna habría brindado por el machismo. ¡*Nica*! Difícil este mundo moderno en el cual las paredes que separan las vías por seguir se derrumbaron y muchas se quedaron en la base sin saber qué bifurcación tomar. Además, las mujeres somos tan complicadas que cuando se nos aparece el príncipe azul no es del tono de azul que queríamos, lo que ciertamente complica las cosas. Eso explica el porqué algunas amigas mías quieren lo mejor del machismo y, al mismo tiempo, lo mejor del feminismo, rehusándose a tomar cada uno como un todo holístico.

Por un lado, quieren al macho proveedor, fuerte, poderoso, empeñoso, dominador, a la vez lo piden elegante, delicado, sensible, preocupado de ellas cien por ciento y que las contenga en todo. Por el otro lado, a la hora de la verdad, buscan a un hombre que puedan mimar como si fuese su hijo y que se comporte como el padre dadivoso de sus sueños. ¡No! No se pueden las dos cosas a la vez. Ansían un toro desbocado pero, al final, lo que realmente necesitan es un oso todo tierno; guatoncito, peludito y calentito en su cama para abrazar. Asimismo, mis amigas piden ser independientes, profesionales, trabajadoras, y si por casualidad llegan a ganar más que su pareja; ¡desprecian al pobre tipo! A veces creo que ellas tienen por ideal un hombre inexistente, un hombre utópico, y viven pidiendo una fantasía irreal, una entelequia, algo así como un joven magnate, apuesto, libidinoso y exitoso, ojalá apellidado Grey, o un venturoso caballero principal en su armadura resplandeciente. ¡Aterricen! ¡Salgan de su *uandría*! La verdad de la milanesa es que los *geeks* triunfantes siguen siendo unos ñoños, más interesados en sus juguetes electrónicos y programables que en nuestras curvas, y que los caballeros medievales nunca se sacaban la armadura, ni para dormir, cabalgar o tirar, por lo que tenían callos en todo el culo además de en otros lugares de lo más insospechados, manos de albañiles, cicatrices por doquier y, como no se bañaban nunca, estaban llenos de hongos y olían a muerto. De modales en la mesa, ¡ni hablar!, pues comían con las manos y usaban la daga cuando sus dientes cariados no se la podían. Sus limitados conocimientos sobre el sexo los aprendieron violando alguna que otra campesina en su primera guerrita feudal. ¡Esa es la realidad! Pero no la quieren ver, pues tienen ceguera cognitiva, y es así como podemos apreciar a muchas mujeres tratando de vivir hoy como feministas *de iure* mientras persiguen ideales machistas *de facto*, terminando en un Infierno con lo peor, y no lo mejor, de ambos mundos; esclavas tanto en la casa como en la pega.

Estamos en una época de cambios, en los cuales vivimos de una manera, pero intentamos aplicar los códigos éticos y morales que nos sirvieron cuando éramos nómades y vagábamos perdidas por los desiertos de Mesopotamia con un rebaño caprino por delante y el Código de Hammurabi a cuesta. ¡No! ¡Ya no funciona! Cuando ambos géneros ganan más o menos lo mismo, la relación de pareja no debe ni puede construirse asimétricamente alrededor de quién es el proveedor, pues eso cambia con el ciclo sin fin de las mareas económicas, crecimiento y crisis, con las contingencias profesionales de cada cual y los azares, imponderables y vueltas de la vida. Vivimos en una época de transición, con mujeres cada vez más masculinas y hombres desarrollando sin pudor su lado femenino. ¡Si hasta les ha dado por cocinar ahora! En nuestro país, esta es una generación bisagra, atrapada como el jamón del sándwich entre dos mundos; el de los valores arcaicos heredados de paleolítico y otros que no existen aún, aunque los estemos construyendo *de novo*, ladrillo por ladrillo, piedra por piedra, cada día que pasa. ¿Cómo decía el bueno del Capitán Ahab? Ah… ¡Sí! *How can the prisoner reach outside except by thrusting through the wall?* Por eso yo vivo mi vida a mi manera y transito por mis propias vías, de trocha ancha, aunque tenga que poner el balasto, instalar los durmientes y colocar los rieles yo misma.

—¿Está muy fea mi foto de perfil? —me preguntó Andrea mostrándome su *smartphone*—. ¡Mírala rápido!

—No. Está bien —respondí casi sin mirar, pues al final este juego de los encuentros es una rifa, en la cual se compra esperanza a un costo módico, como una lotería; a cambio de unos pocos pesos, rezos o deslizamientos de dedos quedas por una semana en un estado de ánimo donde se presenta como alcanzable el que solucionen tu vida. La demanda de esperanza, aquel bien intangible y no transable, es inelástica y por eso estamos llenos de ofertantes; desde el Estado, con su lotería, hasta la Iglesia, con su *"esperanza de la resurrección"*, pasando por políticos izquierdosos y donjuanes multiformes. En este mundo no se puede vivir sin ella y es por eso que la inconstante figura de la esperanza fue la última en intentar salir de la caja de Pandora, aquella regalada y seductora mujer de tierra, convirtiéndose en el peor de los males otorgados por Zeus, pues es un barbitúrico terrible. ¡La peor de todas las drogas que consumimos con tanta alegría desde el albor de los tiempos!

—¿Te imaginas si me responde el mino de al lado? El guachón de camisa azul —me preguntó Andrea.

Seguí sus brillosos ojos para darme cuenta que dos mesas más allá estaban cuatro veinteañeros conversándose sus respectivas *caipirinhas*. Uno de ellos en particular era efectivamente un tremendo mino, un perfecto Übermino; alto, espaldas anchas, mirada clara y un cierto garbo en su ademán. Todas nos quedamos mirándolo.

—Les apuesto la cuenta completa a que en menos de media hora me lo llevo —dije.

Volví a ser el centro de las miradas, estupefactas, de mis amigas.

—¡Qué tanta fe me tienen las huevoncitas! Les apuesto la cuenta completa a que en menos de media hora me lo llevo a casa —repetí jocosa.

—¿Qué onda?

—¿La previa de tu despedida de soltera? —preguntó Paulina.

—Pero, si hasta tiene olor a leche —respondió Carolina—. Ya no estoy para cambiar pañales.

—¿Y te quieres mandar un *Zipless Fuck*? —me preguntó Ximena.

—¡Así es! ¡Todo el rato!

—¿Qué es esa huevada? —espetó Andrea—. ¡Huevona! ¡Cuéntalo todo! Quiero todos los detalles.

Ximena se puso en su modo catedrática y empezó a referir la tesitura: —El *Zipless Fuck* es un concepto descrito por primera vez por una escritora gringa hace mucho tiempo, siendo éste una cacha en estado químicamente puro. Un acto completamente libre de cualquier motivo ulterior. Y sin ningún juego de poder, pues el hombre no *"toma"* ni la mujer *"entrega"* nada. Nadie está tratando de gorrear al esposo o de humillar a la esposa. Nadie está tratando de probar nada o de salirse de alguien. El *Zipless Fuck* es la cosa más pura que exista. Más rara aún que un unicornio. Y nunca he logrado tener uno.

—Es que para lograrlo no tienes que conocer al mino, idealmente ni hablar con él, sólo quitarte la ropa en un único movimiento y darle no más —expliqué, mientras sacaba el cheque en blanco que siempre llevaba en uno de los bolsillos secretos de mi vestido, pedía un lápiz y lo cruzaba escribiendo; *"Salgamos de aquí AHORA. ¡Seré toda tuya!"*, luego llamé al pelotudo del mozo, le pasé la libranza e hice que se lo entregara al übermino, quien lo leyó, me miró, se sonrió, irguió, caminó hacia mí, me levanté para recibirlo, le tomé la mano izquierda y así nos fuimos juntos, bordeando el muro de las espantadas miradas, navegando en el laberinto de las mesas hasta atravesar la puerta del bar con el dintel coronando nuestras cabezas descubiertas perdiéndose en la negra pared de la noche.

—¡Ni le preguntó el apellido! —exclamó Paulina.

—Ni siquiera el signo —retrucó Ximena.

# Las amigas.

```
MULTIPLY Base BY Height GIVING Auxi.
DIVIDE Auxi BY 2 GIVING Area.
```

*Такой господин так и прет прямо к цели, как взбесившийся бык, наклонив вниз рога, и только разве стена его останавливает.*
*Фёдор Михайлович Достоевский, Записки из подполья*

Hacía un rato que una mosca flaca revoloteaba en el bus del Transantiago® [48], a pesar de los vidrios cerrados. Insólitamente, iba y venía sin ruido, en un vuelo extenuado. Kurtzinski la perdió de vista un rato, hasta que la vio posarse sobre su mano inmóvil. Hacía frío. La mosca tiritaba con cada ráfaga de viento que chocaba contra los vidrios. En la escasa luz de esta mañana de invierno, con grandes ruidos metálicos y de amortiguadores, el vehículo avanzaba con dificultad. Sobre sus rodillas, llevaba una caja llena de esquejes de San Pedro[49]. Era la tercera que obtenía, cada una de un proveedor distinto. Ésta en particular la había ido a buscar a la salida del Metro® Estación Central. Los esquejes eran anchos, de más o menos ocho centímetros de diámetro y como cincuenta de largo, cortados de unas matas adultas,

---

[48] Nota del Editor: La palabra Transantiago® denomina coloquialmente al "Transporte de Santiago", el sistema de transporte público urbano que opera en el área metropolitana de la ciudad de Santiago de Chile desde el 2005, integrando los buses intraurbanos con el Metro® mediante un único monedero electrónico, convirtiéndose en un proyecto demasiado ambicioso para un país corrupto y tercermundista como el nuestro.

[49] Nota del Editor: Especie de cacto, *Echinopsis pachanoi*, nativa de los Andes, con alto contenido de alcaloides, especialmente mescalina.

florecidas y vigorosas. Eran absolutamente ideales para sus fines. Hoy en día, gracias a la globalización, se puede comprar todo lo que se necesite fácilmente, pues basta buscar en Internet algún aviso clasificado. Por ejemplo, dos años antes, había sido invitado a una fiesta de disfraces de Halloween en casa de unas buenas amigas, la cual resultó de lo más entretenida. Para dicha ocasión, encargó *ex professo* un traje eclesiástico a una tienda especializada en la Web[50], compuesto por una clásica sotana, a medida, claro está, completa con alzacuello, cíngulo y muceta, todos negros menos, palmariamente, el alzacuello blanco, plenamente en concordancia con el Canon 669 del Derecho Canónico católico. Un rosario de plata de ley completó el atuendo. Lo más difícil había sido conseguir un joyero que volviese a soldar la argenta cruz del rosario al revés, para el infaltable detalle *freak*. El disfraz que no lo era resultó ser un tremendo éxito. Terminó jugando al *strip poker* con tres chicas; una Pocahontas, una Scheherezade y, por último, nada menos que con una Quintrala[51], las cuales le desabotonaron uno a uno los treinta y tres[52] botones de la sotana, partiendo por el de más abajo, cada vez que perdía una ronda. De más está decir que no llevaba

---

[50] Nota del Editor: Chasubles. (2015). Sotana negra de verano. Noviembre 29, 2015, de Ars Sacra Sitio web: http://www.chasubles.eu/product-spa-2537-Sotana-negra-de-verano-CASS-S-CZ.html

[51] Nota del Editor: Catalina de los Ríos y Lisperguer (Santiago, 1604 — ibídem, 16 de enero de 1665) fue una terrateniente chilena famosa por su belleza y la abusiva crueldad con la que trataba a sus sirvientes, más conocida como la Quintrala, quien pervive en la cultura popular como el epítome de la mujer intrínsecamente mala, perversa y abusadora por un lado, e independiente, fuerte y segura por el otro lado.

[52] Nota del Editor: Un botón por cada año de vida de Jesucristo.

nada bajo la sotana, ni siquiera camisa[53]. Le fue fácil ganar el juego y cobrar las penitencias de rigor, pues la estrategia en esta versión del *poker* cambia sutilmente al estar acotada la pérdida máxima, permitiendo la toma de mayores riesgos en las jugadas. La Teoría de Juegos le había fascinado desde que la estudió en la Facultad. Kurtzinski no había terminado el seminario conciliar, el cual dejó abruptamente, cambiándolo por la Injeniería por ser un camino menos doloroso y humillante. Sin embargo, ciertas actitudes eclesiásticas nunca las olvidó, ni dejó de practicarlas, porque siempre funcionaban. Al llegar al apartamento, puso la caja de esquejes de San Pedro sobre el mueble integrado entre la cocina y el *living*, y revisó la lista de actividades por hacer. Encendió un cigarrillo y partió releyendo su Contrato de Trabajo con el Banco, específicamente la cláusula de confidencialidad, la cual lo obligaba a borrar y/o destruir cualquier documento relacionado con sus antiguas funciones. Sacó todos los discos externos de respaldo que solía dejar en casa como medida de precaución en caso de incendio, terremoto, hackeo grave en el Banco u otra catástrofe similar. Conectó el primero a su *laptop* e invocó a la herramienta Disk Wipe™, seleccionó los parámetros de mayor seguridad e inició la limpieza completa del primer disco externo. Kurtzinski prefería ese programa, principalmente por usar el algoritmo DoD[54] 5220.22M, lo que le daba cierto nivel de seguridad en la destrucción correcta de los datos. Mientras se realizaba dicho proceso, para optimizar el uso del tiempo, se

---

[53] Nota del Editor: De manera bastante reñida con el Canon 284 del Derecho Canónico católico.

[54] Nota del Editor: *United States Department of Defense*, es decir, el Ministerio de Defensa de los Estados Unidos de Norteamérica.

puso a trabajar en los esquejes de San Pedro. Sacó la piedra de agua, la mojó, y con gestos precisos y repetitivos, paralelos a su cuerpo, realizó el ritual de dejar su pequeño cuchillo de cocina preferido listo para el siguiente paso. Cortó todos los esquejes en rodajas de unos dos centímetros de ancho, a las cuales les quitó la piel dejando el máximo de pulpa, para ir llenando un total de siete bolsas de plástico Ziploc®, que dejó congelándose junto al producto de las dos cajas anteriores. La limpieza del primer disco externo había terminado, por lo que lo retiró, cambió la etiqueta por una en blanco e inició el proceso con el siguiente. Puesto que estaba sentado frente al *laptop*, aprovechó para buscar información sobre la Pensión de Vejez Anticipada. Aún le faltaba más de una década para llegar a la edad legal de jubilación, sesenta y cinco años para los hombres, y era muy poco probable que consiga un trabajo formal en la docena de años restantes. A lo más lograría hacer alguna que otra consultoría, pituto o similar, aunque no los suficientes como para cubrir sus necesidades personales, las cuales no eran muchas en verdad, pues ahora sólo tendría que pagar la pensión alimenticia a su ex y los servicios básicos; banda ancha, cable, electricidad, celular, agua, gas, arriendo, gastos comunes y alimentación, más un 10% de holgura para imprevistos. Claro está, eso era sin contar con las nuevas necesidades de su hija. El DL N° 3.500 indicaba que *"los afiliados que no hayan cumplido la edad legal para pensionarse por vejez podrán hacerlo si alcanzan una pensión igual o superior al 70% del promedio del ingreso imponible de los últimos 10 años del afiliado"*. Abrió una hoja de cálculo e inició el proceso de ingresar cifras, especificar fórmulas y masajear los datos como en una licuadora. En no más de una media hora tenía humo blanco para un resultado más bien negro; había cotizado demasiado durante los últimos diez años, no obstante lo acumulado no era lo suficiente como para poder jubilarse. Le pareció absurdo. «*En serio, la vida no puede ser así de absurda, moviéndose sin sentido, de restricción[55] en restricción*», pensó amargamente. Se paró, abrió el refrigerador, sacó una cerveza, encendió otro cigarrillo y volvió a sentarse para mirar detenidamente los resultados de sus cálculos, rascándose maquinalmente su corta barba, buscando algún error, mientras maldecía la baja rentabilidad de los fondos, las escandalosas comisiones, la obligatoriedad de las cotizaciones, la ilusión de la libertad de escoger el fondo de ahorro y, muy en particular, el negociado que otros hacían con sus pocos pesos. Disk Wipe™ terminó la limpieza del segundo disco externo sin que Kurtzinski descubriera nada. Los cálculos eran inapelables. Sacó el segundo disco, cambió la etiqueta por una nueva en blanco e inició el proceso con el último disco externo. Miró la media docena de *pendrives*[56] por limpiar, se levantó, cerró con esmero el clóset en el cual guardaba su ropa de oficina —Ternos, gris marengo de rayas finas, camisas Brook Brothers®, blancas, y corbatas de seda, azules, todos siempre idénticos— volvió y los tomó en su puño derecho para llevarlos a la cocina, donde los dejó en el horno microondas que puso tres minutos al máximo. De lejos, observó con una sonrisa de complacencia las chispas bailar entre los pequeños

---

[55] Nota del Editor: En matemáticas, se le dice 'restricción' a una inecuación lineal que involucre a una función lineal. En el algoritmo Símplex, son muy usadas para resolver problemas de programación lineal, en los cuales se busca maximizar una función lineal sobre un conjunto de variables que satisfaga un conjunto de inecuaciones lineales.

[56] Nota del Editor: Es un tipo de dispositivo de almacenamiento de datos que utiliza memoria *flash* para guardar datos e información. Se le denomina también lápiz de memoria, lápiz USB o memoria externa.

arcos eléctricos mientras el olor a plástico quemado inundaba el apartamento confabulado con un áspero humo, amenazando con entenebrecer el ambiente. Finalizado el espectáculo, recogió los restos, los botó a la basura, se puso su anorak, abrió una ventana y salió en dirección del Costanera Center[57]. Pasó la tarde comprando; una olla de fierro fundido Le Creuset®, de veinticuatro centímetros de diámetro, color cereza, una bolsa de palitos de anticuchos, varias lámparas y tubos fluorescentes de luz negra, tipo BLB[58], cinco cajas de chocolate *bitter* sólido de 380 gramos cada una, marca La Fête® y tres paquetes de *marshmallows* blancos, obviamente Hershey's®. Volvió al apartamento, cerró la ventana, se duchó, se cambió a una tenida *sport* elegante, con una chaqueta de cuero negra, recuerdo de su último viaje a la Argentina, en cuyo bolsillo interno derecho dejó un sobre lleno de bastante efectivo, salió y tomó un taxi. Treinta y tres minutos después llegó al Bar El Reloj® [59], ubicado justo en la punta de diamante que se forma entre la Avda. Alonso de Córdova con la Avda. Presidente Kennedy. Junto con el Pub Licity® de El Bosque, era uno de sus cotos de caza preferidos, con su estética ochentera de *pub* inglés, sus lámparas colgantes amarillentas, mesas y butacas de madera oscura, y los más de cien relojes colgados en las paredes. Pidió su acostumbrado *Bloody Mary* y unas

---

[57] Nota del Editor: Gran centro comercial y de oficinas en la comuna de Providencia, Santiago, Chile, con el *Mall*, o sea, el templo al Dios Hermes, más grande de Sudamérica. No deja de ser curioso el hecho de que si se elimina una 'l' de la palabra *Mall* esta devela su verdadero significado.

[58] Nota del Editor: *Blacklight Blue* (BLB), designa al estándar de lámparas de luz negra usadas en *night clubs*.

[59] Nota del Editor: Avenida Alonso de Córdova 4383, Vitacura, Santiago, Chile.

cositas para el picoteo. Varios cócteles más allá, otro hombre estaba solo frente a una bebida. Lo miró e hizo una mueca apenas perceptible con la cabeza. Media hora después, el hombre se sentó frente a Kurtzinski, y le preguntó en voz baja: —¿Lo de siempre?—. Éste asintió con la cabeza. Pausadamente comió su picoteo, bebió los dos tragos cortesía del *happy hour*, pagó en efectivo, salió y se subió a un taxi con diez *origamis*[60] en el bolsillo derecho interno de su chaqueta, cada uno con un gramo de clorhidrato de cocaína de alta pureza. Una vez en el apartamento, abrió el refrigerador, sacó una cerveza, encendió un cigarrillo, se sentó frente a su *laptop* e inició otra sesión de *surfing* y *shopping* en la red, mandando mentalmente al Diablo el cupo de las tarjetas de crédito. Tres cervezas más tarde, había comprado seis bolsas de copos de poliestireno expandido blanco de un kilogramo cada una, anacrónicas con sus treinta y tres centímetros de diámetro y ciento diez centímetros de largo, una cocina de inducción, evidentemente alemana, de vitrocerámica, marca Bosch™, además de tres grandes barras de hielo seco por entregar. Descargó algunas piezas de varias bandas neopaganas, tales como Corvus Corax, en especial todo el *Cantus Buranus*, Omnia, por la musicalización del poema *The Raven*, Faun, con su álbum *Eden*, y Tanzwut, incluyendo todo el *Labyrinth der Sinne*. Antes de irse a dormir, fumando el último pucho del paquete, googleó el tiempo de una chela más, hasta encontrar una receta de *fondue* de chocolate negro de su gusto y que se ajustara a sus particulares necesidades. Tuvo mala noche. Soñó

---

[60] Nota del Editor: 折り紙, literalmente en japonés, "arte del doblado del papel", pero en el argot de la clase alta chilena dícese de un *papelillo*, como se le suele llamar en *coa*, es decir, de un gramo de cocaína envuelta en un papel blanco perfectamente doblado.

haber sido abandonado en la mitad de un vasto desierto, sin escaleras que subir, ni puertas que forzar, ni fatigosas galerías que recorrer, ni muros que le vedaran el paso. Murió de hambre y de sed en el desierto antes de despertar. Dedicó la mañana a la extracción de la mescalina[61], sustancia que consideraba el mejor enteógeno existente. En varias tandas, puso los trozos de esquejes pelados y congelados en una licuadora con el triple de agua que de San Pedro. En la olla de fierro fundido Le Creuset® dejó hirviendo, a fuego lento, la pulpa así obtenida por tres horas, revolviendo en ocho cada veinte minutos con una cuchara de palo. Para no perder tiempo, organizó los contenidos del disco duro del *laptop*, borrando los archivos irrelevantes y encriptando directorios completos, bajo el estándar IEEE 1619 [62]. Envuelto en una densa nube de humo, siguió ordenando, partiendo por sus cuentas de Gmail™, eliminado todos los correos antiguos, o la cuenta directamente, según sea el caso. Terminado el tiempo de hervor, agregó a la olla doscientos gramos de azúcar integral de caña, el jugo de tres limones, algo más de agua y dejó hervir a fuego lento por tres horas más, revolviendo cada veinte minutos con la cuchara de palo, otra vez en ocho. Prosiguió ordenando sus cuentas de Facebook®, eliminando conversaciones completas, contactos, y algunas cuentas mismas, dejando sólo aquella con su nombre real, pues la usaba exclusivamente para

---

[61] Nota del Editor: La mescalina, también conocida como 2-(3,4,5-trimetoxifenil)etanamina, es un alcaloide del grupo de las feniletilaminas con propiedades alucinógenas extremadamente potentes.

[62] Nota del Editor: La familia de estándares IEEE 1619 *Standard Architecture for Encrypted Shared Storage Media* fue desarrollada por el *Security in Storage Working Group* (SISWG) del *Institute of Electrical and Electronics Engineers* (IEEE).

contactos del Banco. Tomó su celular para marcar primero el número de Carolina M., conocida como *Lady* Rowena en la escena *dark* nacional, y después el de Nancy C., famosa bajo el apodo de *Lady* Ligeia, y las invitó a su gran fiesta de cambio de ciclo. Eran estudiantes veinteañeras, muy amigas entre sí al ser de la misma subtribu dentro de la cultura gótica. Más de dos años llevaba Kurtzinski como el *Sugar Daddy* de ambas, por eso nunca faltaban a una cita aunque él no fuese ningún mino. Ellas suplían sus necesidades de sexo recreativo, perfectamente y con suma discreción. De hecho, mucho mejor que Tinder™ [63] en ese último punto. Un poco más de un mes llevaba desde su ruptura y las dos amigas habían ayudado enormemente a llenar el vacío resultante. La única relación significativa en todos estos años tras su fracasado matrimonio yacía despedazada en el piso de los recuerdos como una delicada copa de cristal de Bohemia tras chocar con el muro de las delusiones ajenas. A estas alturas del partido, no tenía ni la fuerza ni la energía como para recoger del piso los filosos trozos de dicha historia y menos para iniciar la construcción de otra. Así que las dos amigas rellenaban su tiempo sobrante, suplían sus momentos de necesidad y ahora serían las primeras personas en conocer su salón secreto. En el refrigerador, encontró el resto de un pollo asado que había comprado en el supermercado y lo recalentó en el microondas. Almorzó parado, frente al mueble integrado. Se sentía atrapado entre la espada y la pared. No podía precisar el origen de la sensación, pero necesitaba estar de pie,

---

[63] Nota del Editor: Tinder™ es un servicio, lanzado en 2012, basado en una aplicación geosocial para *smartphones* que permite a los usuarios comunicarse con otras personas con base en sus preferencias para charlar y concretar citas o encuentros del tercer tipo.

---

sentirse fuerte, como en su ya perdida juventud. El accidente esquiando lo había enfrentado a su incipiente decrepitud, llenándolo de un espanto sin forma, en estado gaseoso e inasible. En cuanto la olla se hubo enfriado lo suficiente, cubrió una ensaladera con un trapo de cocina perfectamente limpio y lo usó para filtrar la pulpa de San Pedro. Exprimió bien el trapo, porque la pulpa retiene mucha agua. Repitió el proceso tres veces para eliminar la sustancia gelatinosa del cacto. Aprovechó el manos libres para llamar a Juan y preguntarle cómo le estaba yendo con sus nuevas responsabilidades, escuchando las previsibles y majaderas quejas del susodicho al respecto con la satisfacción malévola de un jugador de ajedrez a tres pasos de un inevitable jaque mate. Una sonrisa socarrona iluminó su facies por un brevísimo instante. Volvió a filtrar el caldo, ahora usando filtros de café hechos de cartulina blanca. Depositó el líquido en una gran fuente plana, marca Pyrex™, la cual dejó en el horno eléctrico a 70° C, para que se evaporara lentamente mientras él pernoctaba. Esa noche tuvo la pesadilla recurrente, la cual lo aquejaba desde su niñez. Volaba alto, sin compañía, en un cielo azul ultramarino; libre. Sin esfuerzo, sus alas, cubiertas de grandes plumas blancas, lo llevaban donde él quisiese. Flotaba en la dicha. Pero, una a una, perdía las plumas, con una cadencia cada vez más acelerada, como el bolero de Ravel. Terminaba cayendo hacia algo que nunca lograba divisar antes de desvelarse. *"The horror! The horror!"*. Se despertó de golpe, sin abrir los ojos, aterrado y cubierto de sudor. Espabilóse como soñó; solo. Se levantó, fue al baño y con las dos manos se mojó la cara con agua fría. Al mirarse en el espejo, se acordó de unos versos, de la Escuela Poética Suaba, memorizados en algún momento de su paso por el *Deutsche Schule*: «*Die fliegende Todesbötin schau, / Ein schlimmes Gespenst wie die weiße Frau; / Wenn solche nachts flieget in ein Haus, / An das Fensterglas legt wie Glühwurms Schein / Den Kopf, daß er leuchtet ins Zimmer hinein, / So trägt man da eines bald tot hinaus[64]».* Horas después, al despuntar el día, con parsimonia religiosa, recogería más de cincuenta gramos de unos cristales transparentes, finitos como minúsculas agujas, brillantes como escarcha en las puertas de la percepción. *«En verdad es justo y necesario la apertura de dichas puertas por un San Pedro»*, pensó irónicamente, a pesar o, quizás, a causa de su ateísmo. A modo de ablución matinal sacó una cerveza del refrigerador, encendió un cigarrillo, se sentó frente a su *laptop* y releyó una vez más los textos que llevaba días puliendo. Primero, corrigió un par de frases adicionales, sintiendo cómo quedaba cada vez más cercano a lo que él deseaba comunicar. Blogger™ [65] lo publicaría automáticamente en su Blog el domingo subsiguiente, a la medianoche, una vez terminada su gran fiesta. Allí difundía, bajo pseudónimo claro está, los cuentos, relatos y poemas frutos de su inabarcable imaginación. Segundo, imprimió la carta para su hija con todas las instrucciones, precisas y detalladas, la

---

[64] Nota del Editor: Fragmento de poema del libro "Kleksografía" del *Herr Dr. Justinus Kerner*, cuya traducción podría ser: "La mensajera voladora de la Muerte ostenta, / un terrible fantasma como la mujer blanca; / cuando ésta vuela en la noche por una casa, / y en los vidrios de las ventanas posa, / como un brillo de luciérnagas, la cabeza, / para que alumbre dentro de la pieza, / pronto, un muerto, habrá que arrastrar afuera".

[65] Nota del Editor: Blogger™ es un servicio, de Google®, que permite crear y publicar una bitácora en línea de páginas asíncronas con contenido estático.

cual iría a dejar mañana a FedEx® [66], después de hacerla timbrar y firmar por el notario, quedando así seguro de su recepción en la fecha requerida. Se puso su anorak y salió a pararse en una esquina discreta, esperando ver llegar una chica argentina en un *scooter*, con quien intercambiaría varios billetes por unas pastillas, igualmente azules, de Sildenafil[67], para así poder sentirse como un toro. Siguió caminando hacia el salón secreto, pues debía prepararlo para su fiesta. Tenía muchas instalaciones por hacer, detalles que afinar y artefactos por ordenar. Pasó los siguientes días organizando meticulosamente el salón. Todo debía ser perfecto. En el camino, paró en la casa matriz de Casa Royal® [68] y compró una larga lista de componentes necesarios para armar los diversos efectos especiales requeridos, en particular un control remoto inalámbrico *ad hoc*. El quinto día, al volver al apartamento, lo esperaba una pequeña caja con el logo de FedEx®. En toda su vida nunca podría pagar esa tarjeta, pero era demasiado tarde para arrepentirse; el Rubicón había sido cruzado. *Alea jacta est.* Con reverencia tomó el paquete, era su propio regalo de cambio de ciclo. Oneroso le salió, cortesía de eBay™ [69],

---

[66] Nota del Editor: Federal Express (FedEx®) es una compañía de *courrier* y logística fundada en 1971, con cobertura internacional, teniendo la mayor flota de aeronaves de carga civiles del mundo.

[67] Nota del Editor: Sildenafil, más conocido como citrato de sildenafilo (compuesto UK-92,480), es un fármaco utilizado para tratar la disfunción eréctil y la hipertensión arterial pulmonar (HPP), usualmente vendido bajo la marca Viagra®.

[68] Nota del Editor: Electrónica Casa Royal® es el "Primer Centro Electrónico Chileno" con una cadena de once tiendas en la capital del país.

[69] Nota del Editor: eBay™ Inc. (eBay™), fundada en 1995, es la mayor compañía de subasta de productos a través de Internet.

---

pero *Vere dignum et iustum est...* Hay ciertas cosas que el dinero no puede comprar, pero para todo lo demás existe MasterCard®. Abrió la arqueta para encontrar, bien envueltos en delicado terciopelo burdeos, tres tetradracmas[70] atenienses, originales del siglo V a. C., cada una de diecisiete gramos de plata fina. Se quedó un largo rato inmóvil mirando al trío de mochuelos, sintiendo en su palma el peso del destino de los vastos siglos...

---

[70] Nota del Editor: La τετράδραχμον, tetradracma, era una antigua moneda griega de plata equivalente a un estátero o a cuatro dracmas, como su nombre bien indica.

# Del conejo y de las conejas...

```
OPEN OUTPUT Life.
PERFORM GetLifeAsItIs.
PERFORM UNTIL LifeAsItIs = SPACES
    WRITE LifeAsItIs
    PERFORM GetLifeAsItIs
END-PERFORM.
CLOSE Life.
```

*I always like walking in the rain,
so no one can see me crying.*
*Charles Chaplin*

—No deberías seguir tomando —escuché, aunque sin que la historia cambiara demasiado podría escribir *escuchó*, ya que ignoro si estas cosas me estaban ocurriendo realmente a mí, o a otro, y hasta algo peor: ni siquiera entonces, ni siquiera en el momento de oír la voz apagada de mi amigo, habría podido jurar que el destinatario era yo. No es fácil de explicar. Yo estaba ahí, sí, en esa mesa en el Bar Las Lanzas®, y mi amigo era Pablo y me hablaba a mí, hablaba en voz baja, sin mirarme y en el tono casual con que uno se dirige a un sujeto peligroso o a un chico trepado a una cornisa; pero yo estaba como a un metro de mí mismo y *lo veía* beber. Y el que se emborrachaba por mí, o más exactamente por los dos y hasta por el mundo en general, era el otro. Otro con mi nombre y mi cara. Juan. Él. Con mi cara y mi nombre y, sobre todo, con mi edad. ¿Estaré así de ebrio? ¿Habré perdido el juicio o lo poco que me va quedando de él? No, recapacité. Sólo estoy más tomado de lo usual. Es el alcohol, esa puta molécula, la que me jode el raciocinio. Es la terrible desgracia de mi condición orgánica; bastan unos cuantos moles de una detestable molécula y la condenada materia gris deja de funcionar correctamente. ¡Somos únicamente unas computadoras biológicas! *Wetware*, al fin y al cabo. Nada más. Allá va mi intelecto, ahogándose, en un correntoso río de sustancias psicoactivas; endorfinas, metilxantinas, estrógenos, serotoninas, alcaloides, dopaminas, feniletilaminas, feromonas, anfetaminas, oxitocinas, piperazinas, testosteronas y demáses hormonas y psicotrópicos surtidos y revueltos. ¿Acaso es eso la vida, en definitiva, sólo bioquímica? ¿La muerte como la caída terminal del *wetware*? ¿Cuál es el afán de seguir vivo entonces?

Total, la defunción es una solución final, práctica y rotunda. Cuando tenía como doce años de edad, me corté el dedo índice con un cuchillo tratando de abrir una botella de bebida, salió cualquier cantidad de sangre así que fui a limpiar la herida con agua de la llave y, mirando, pude divisar el blanco de mi tercera falange. ¡Mi hueso! Primera y última vez que veía uno de mis huesos. De la pura impresión me desmayé. Nunca antes lo había hecho. Volví a mis sentidos, no sé cuánto tiempo después, estirado en el frío suelo de porcelanato de la cocina, un pequeño charco de sangre alrededor de mi mano izquierda. En una escena estaba parado frente al fregadero y en la inmediatamente posterior estaba helado en el piso. Entre las dos; la nada misma. Se bajó el telón. Se apagó el televisor. Se cayó la computadora. La nada; sin sentidos, sin recuerdos y sin razonamiento. *Nothing, rien, nīl, zip...* ¿Dónde estuvo el alma entonces? ¿Dónde mierda?

Mejor como algo, para que se me pase la borrachera. Miré el menú. Un sándwich de jamón con queso me tienta, pero con el alcohol tengo ya demasiada azúcar en la sangre, lo cual no es bueno para mi incipiente DM II. Terminé por decidirme, llamé a la mesera y ordené una paila de huevos con jamón, sin pan, y un café doble, bien cargado y sin endulzantes.

—Denme un terasegundo o más, para una compilada, y vuelvo con Uds —proclamé *urbi et orbi* antes de zambullirme en el código.

Partí por inicializar el ambiente de desarrollo. Hace unos pocos años habría tenido que devolverme a la oficina para arreglar esta cagada, pero hoy todo lo necesario cabe sin mayor trabajo en mi *notebook*, con su Intel Core i7 de alta gama. El *mainframe* que antes costaba varios millones de dólares y ocupaba una planta exclusiva en el Banco, acomodado con piso y cielo falso, con aire acondicionado dedicado, pues ahora lo llevo a cuestas fácilmente y me lo compré sólo *For a Few Dollars More*. Todo cambia y seguirá cambiando. Eso es lo que me gusta de la computación; la mutabilidad de mi existencia. Eché a andar la máquina virtual Oracle VM correspondiente a este sistema COBOL/CICS, con DOS 6.22 y MF COBOL. ¿Cuál era el mensaje de error? Ah, sí… el **DFHPG0207**. Además, la región CICS entró en un *loop* infinito justo después de recibir el mensaje. No tiene sentido. El programa se mordía la cola. Entraba en un ciclo de ejecución del cual nunca salía. ¿Por qué? Sin siquiera darme cuenta, una sonrisa inenarrable apareció en mi cara mientras seguía el hilo de ejecución en el nítido espacio de mi mente. Con recursión hubiese sido muy fácil de programar ese algoritmo en Java, pero en COBOL lo tuvieron que escribir como una iteración y, al parecer, falló justo en la condición de fin. Pobre CPU. Seguía la lógica *ad infinitum*, perdida en un nudo ilimitado, como una hormiguita caminando sobre una banda de Möbius, *per in sæcula sæculorum, Amen,* sin darse cuenta de que estaba en un mundo sin principio ni final.

Por más que revisaba el programa y las condiciones de término, no encontraba nada. Había seguido la lógica tres veces para cerciorarme de su correctitud, pero no encontraba nada que explicara este comportamiento aberrante. Nada de nada. Ahora bien, este pedazo de código llevaba años, décadas, funcionando perfectamente, por lo que debía ser una tontera chica. Pero, ¿cuál? Siempre encontraba las pifias. A veces me tomaba más tiempo de lo normal, pero las descubría. Siempre.

Amo esta cacería de bichos virtuales. Pone a prueba mi memoria, mi inteligencia y, sobre todo, mi paciencia de cazador. Soy bueno en la persecución. Tengo la persistencia requerida. Dentro de mí, algo prístino se despierta. Un regocijo primigenio; el de la batida, el de oler el miedo de la presa, el de sentir la adrenalina arder en mis arterias. Terminando con el formidable goce de obtener el trofeo; un bicharraco aplastado bajo mi bota, justo castigo del demiurgo de las praderas de la lógica. Me encanta. Podría pasarme la vida haciendo eso; perseguir *bugs*.

De hecho, lo más probable es que me pase los quince años que me quedan antes de la jubilación haciendo justamente eso, machacar sabandijas, día tras día... Día tras día... No es un mal destino pues, considerándolo, me encanta eso de andar despiojando, depurando y parchando sistemas escritos en tiempos inmemoriales. *Amor fati.*

Cuando todo falla; RTFM, dicen los gringos. Quizás era gran tiempo de leer el maldito manual y las benditas páginas de la comunidad de soporte de IBM. Escribí *"CICS region loops after receiving message"* y apreté el botón de búsqueda.

*"An application performed a transfer control (XCTL) to a program name of zeroes"* decía la página de ayuda.

*Merdre!* ¡Por la fruta madre! ¡No podía ser tan simple la solución! Un mísero error de tecleo en el nombre de un programa. Esto es una paja, pero de las que me gustan; una paja digital.

—¡Lo encontré! —proclamé—. Hago la prueba para asegurarme y termino.

Mauro enarcó una ceja antes de preguntar:

—¿Por qué te preocupas tanto si todo eso es sólo para sacarle más plata a los cuentacorrentistas? ¿Para qué tener esa ética profesional con unos estafadores?

Buena pregunta. De respuesta asombrosamente sencilla: «Porque podía hacerlo». Así de simple. Desde el origen de los tiempos los ingenieros hemos construido sin mayor preocupación ética, sólo por la fruición de construir. El mismísimo Dédalo, primer gran exponente de nuestro arte, construyó todo lo que le pidieron, desde el *infamous* disfraz de vaca hasta el mítico laberinto homónimo, sin jamás tener la suficiente introspección como para indagar si debía o no hacerlo. Arquitecto sublime, creador genial, pero sin consciencia, termina perdido, vagando en su propia creación. Pagó caro por su libertad; la vida de su propio hijo, Ícaro, castigado por tratar de alcanzar el sol según algunos o por desobedecer a su padre según otros. Creamos y construimos sin importarnos nada más que el poder hacerlo y pagamos la cuenta por ello, como ahora, vagabundos en este sacrosanto mundo de callejones sin salida y macabros rincones que hemos construido ladrillo a ladrillo.

Miré a mi amigo y opté por rebatirle con el hermético lenguaje bancario.

—La ética es un intangible no transable y es por eso que en el mercado no está listada ni se cotiza en bolsa.

—No, en serio. ¿Por qué lo haces? —insistió el matasano.

—Buscaba un empleo, pero sólo encontré un trabajo —respondí intentando usar el humor.

—O sea que no te importa qué hacen con tu trabajo mientras echen una pizza y una Coca-Cola® en tu cubículo tres veces al día.

—Así es, siempre y cuando cambien el modelo de pizza cada cierto tiempo —asentí—. ¿De qué habría de quejarme?

—¿No te importa que te exploten? ¿Ni que te usen para oprimir a las personas? Si hasta los tienen a todos con ese uniforme gris. La típica tenida sombría de los empleados bancarios, con una horca al cuello, símbolo de su pasar luctuoso —nos arengó el galeno.

—No —contesté—. No me importa. ¿Te acuerdas de las corbatas de seda italiana de Rodrigo?

Eran fastuosas… Siempre usaba la misma. Siempre iba impecable. ¿Quién habrá de quedarse con ellas?

—En los países desarrollados los bancos funcionan en las tardes y todo el sábado, e igual ganan plata —dijo Pancho en un aporte constructivo.

—¿Y? —clarifiqué—. No estamos allá sino aquí, en Chile.

—Eres como un escarabajo pelotero, que pudiendo volar, se pasa la vida empujando una bola de mierda —sentenció Mauro.

—No, mi vida no es tan soporífera. ¡Para nada! De hecho, ha llegado el momento de que les cuente un secreto —afirmé.

—¿Se los vas a contar? —inquirió Pancho, incrédulo.

—Sí. ¿Por qué no habría de hacerlo? Rodrigo ya no está con nosotros —repliqué—. ¿Sabían de las fiestas que él organizaba hace ya más de una década?

Marco levantó la mirada de su Blackberry™ en silenciosa interrogante.

—¿Qué? —gruñó Mauro.

Una melancólica sonrisa cubrió mis labios. Todos los presentes me observaban fijamente.

—Cada dos o tres meses Rodrigo armaba una orgía. Éramos una especie de cofradía de almas en pena en búsqueda de escaparnos de la majadera rutina, de la triste realidad de nuestros aburridos matrimonios. Nunca me perdí una sola de esas fiestas.

—¿Me estás? —escupió Mauro.

—No. Para nada —respondí—. Una amiga divorciada tenía una casa bien bonita, con piscina, muy discreta por allá arriba, en General Blanche, justo antes de la subida y nos la prestaba. Rodrigo, como siempre preciso y meticuloso, organizaba todo con ella. Cada fiesta tenía un tema y la ambientación, la música, la cocina, los copetes y, especialmente, los disfraces debían ser acordes al tema.

—¿Cómo que tenían tema? —cacareó Marco.

—Sí. Tenían temática. En mi opinión, las mejores fiestas fueron la de las "saturnales romanas", la llamada "náufragos en la polinesia", el "serrallo turco" y la excelente *"maison close de la belle époque"*, que tantos buenos recuerdos me dejó. Todos los participantes iban disfrazados acorde con el tema. Bien sabían que no los dejaríamos entrar de no ser así. Rodrigo pasaba noches buscando la música *ad hoc*, la decoración para generar la atmósfera y hasta cómo conseguirse la cena correspondiente. ¡Era toda una producción!

—¿De dónde sacaban los recursos, pues suena bastante caro el *hobby*? —preguntó Pablo.

—Un par de pericos siempre se ponían con todo lo necesario a nuestro pasatiempo con tal de que los invitáramos.

—¿Y dónde se conseguían las tipas? —indagó Marco.

Me reí de oreja a oreja antes de responder.

—Nunca faltaron— afirmé—. Más bien, sobraban las voluntarias. Es algo increíble. Todas minas del barrio alto, hastiadas de la monotonía, se peleaban para participar. Les bajaba la competitividad propia de su género y nosotros nos aprovechábamos, haciendo concursos de cual tenía el mejor disfraz y ese tipo de cosas. Había tres conejas de agua que nunca, pero jamás, dejaban de participar en el jolgorio. Un detalle importante, siempre se usaba antifaz y nunca se tocaba nada personal ni se daban nombres. Lo que pasaba allí quedaba allí, como en Las Vegas.

—No sé. No me cuadra —opinó Pablo.

—Con Rodrigo discutimos mucho ese tema. Llegamos a un par de conclusiones. Primero, que la máscara, el vestirse como otra persona, te permite ser otra persona. Habitar otro individuo. Así es como minas perfectamente *ladies* se daban el permiso de actuar como putas, pues eran otras, las que así actuaban y no ellas, las de misa todos los domingos. La tenida se volvía el yó, interpretando su rol, su sueño de ser otra. Puro escapismo. Segundo, la anticipación hace milagros, pues pasaban semanas imaginando la fiesta por venir y terminaban llegando excitadas a *full*, lo cual aseguraba que lo pasaran muy bien.

—Quizás atesoraban secretamente, en un recóndito recoveco de sus almas, el saber lo que podían hacer si se lo proponían —propuso Pancho.

—El disfraz verdadero es el que usan a diario —sugirió el Sensei.

Mauro arrugó el ceño antes de hablar: —¿Qué no estabas casado Juan?

—Sí. Pero hasta el pavo aburre —respondí.

—¿Qué tiene que ver el pavo con esto? —apostilló Mauro.

Pablo, nuestro Sensei, honrando su apodo, lo explicó.

—En la época de Louis XIV el pavo recién se había introducido en Europa, siendo considerado un manjar digno de la alta nobleza. El Cardenal del mentado soberano no perdía ocasión para reprocharle su poco apego a los votos del sagrado vínculo. Cierto día, hastiado de tanta recriminación injusta, el Rey Sol decidió invitar al purpurado a pasar unos días en Versailles. Sabiendo el legendario aprecio que éste tenía por el pavo hizo que le sirvieran uno para el desayuno, agasajando así a su invitado. Lo mismo pasó con el almuerzo, la cena y el desayuno del día siguiente, hasta que llegado el almuerzo pavífero, su eminencia reclamó; "Mi Rey, gracias por halagarme con tanto pavo, pero de vez en cuando una perdiz, una tórtola o una gallina también me agradan". Con una inmejorable sonrisa el Rey le respondió; "Lo entiendo perfectamente, a mí me pasa exactamente lo mismo con la reina". De más está decir que nunca más se tocó el tema.

Mauro, sin dar su brazo a torcer, prosiguió: —¿Tu ex nunca te pilló?

—No. Ella nunca sospechó nada siquiera —dije.

—*Gratias agámus Domino Deo nostro* —citó Pablo.

—¡Acuérdense de cómo era! Era más fácil tirarse a cualquiera de mis amigas, ¡y sin Tinder™!, las cuales estaban desesperadas por un poco de carne, que hacerlo con mi esposa. Quizá era el momento de irme, pero ella me echó antes —confesé.

—Ella era como una princesa, pero muerta —dictaminó Pablo.

—Te puedo sugerir 69 cosas que hacer con una princesa muerta — manifestó Mauro.

Hice notar que: —En todo caso, ella ahora es la ex perfecta, pues casi nunca me habla. ¿Por qué habría de hacerlo? Si durante los quince años de martirimonio nunca logramos comunicarnos, ¿cuál es el afán de hacerlo ahora que estamos divorciados?

Pancho, saliendo un instante de su estupor etílico, intervino: —Puede que no te hable, pero no pierde una oportunidad de hablar mal de ti.

—Supongo que es más sencillo pasarse el resto de la vida puteando en contra de la integridad de la masculinidad, de que todos los hombres son iguales y unos malnacidos, a hacer un poco de introspección y preguntarse qué hice mal —caviló Pablo.

—Nadie las entiende —masculló Marco.

La compilación había terminado con todo éxito hacía un buen rato, por lo tanto, linkedité el ejecutable, subí la prueba a la cola del *Batch*, actualicé el caso en la aplicación de seguimiento de *bugs* y realicé un *logout* del sistema, antes de apagar y cerrar mi *notebook*.

Di un gran suspiro, levanté la cerveza de cada día, tan necesaria como el pan, de hecho, era mi pan líquido, y miré a mis amigos, tirados más que sentados, en esas sillas de plástico gris nácar. La conversación había amainado mientras trabajaba y allí estaban, fláccidos como ostras en sus valvas, muertos de frío, esperando nada, extraviados en sus reminiscencias.

Los muy perlas eran mis amigos, por mucho que los haya mandado a la conchasumadre mil y veinticuatro veces. A decir verdad, no me quedaba muy claro el por qué eran mis amigos. Tampoco me importaba demasiado. Lo primordial es que estaban aquí, hoy, conmigo, a mi lado, tomando juntos en unas mesas de bar, hablando de cualquier estupidez, como tantas veces lo habíamos hecho y, con toda seguridad, lo haríamos en el futuro.

«*L'homme est condamné à être libre*» había dicho Sartre, pero yo estoy condenado a volver a juntarme con mis amigotes frente a muchas cervezas, así *ad nauseam,* ellos y otros iguales a ellos, en el futuro, tal como predice el Teorema de Recurrencia de Poincaré.

Imaginé mi vida como una espiral logarítmica de *bugs* y cervezas. No era una mala vida. Me agradaba la idea. "*Eadem mutata resurgo*" decía Jakob Bernoulli sobre su delicadeza.

«*All things began in order, so shall they end, and so shall they begin again; according to the ordainer of order and mystical Mathematicks of the City of Heaven*» escribió al respecto cierto matasano. Las huevadas de las cuales uno se acuerda. Pero, sí, todo está en orden, pensé con cierta satisfacción y algo de nostalgia. Todo está en orden. ¡Todo está bien con el mundo!

—Listo —anuncié, escueto, bajo un cielo plomo, sin lluvia.

—Que bueno, pues acaba de estacionarse un carro fúnebre frente a la iglesia —hizo notar Marco—. Debe traer el féretro.

Miré en dicha dirección para confirmar el evento. En efecto, allí estaba. Levanté un brazo para llamar la atención de la mesera y pedí la cuenta para todos.

—¿La dividimos en partes iguales? —sugerí, acogiéndome al Principio de Equilibrio de Nash.

—Obvio —replicó Pablo.

Dejé a la mesera la difícil tarea de sumar la propina, dividir la cuenta y cobrarnos a cada uno. Llegado mi turno, abrí la billetera, sacando uno a uno los billetes necesarios y pagué mi parte.

Mauro me observó cancelar, admirado, antes de preguntar:

—¿Por qué usas efectivo y no dinero plástico? Pensé que debieras ser un ferviente converso de su uso.

—Justamente, conozco demasiado el tejemaneje de las tarjetas como para confiar en ellas. Es de verdad trivial duplicar algunos bitios y por eso opto por usar el vil metal. Asimismo, prefiero mantener mi anonimato —respondí.

Con suma dificultad, iniciamos la ardua faena de levantarnos, objetivo logrado muy a pesar de nuestro estado de intemperancia etílica. Sin hablar, como mimos borrachos actuando nuestras propias vidas, cruzamos la calle hasta la Plaza Ñuñoa. Del otro lado, estaba la iglesia. Una pérgola, rodeada de adoquines grises, se interponía como una isla de esperanza en un río de cemento dentro de la selva homónima. Un lugar común, por cierto, pero no menos real. *"En los mismos ríos entramos y no entramos, pues somos y no somos los mismos"*, decía Heráclito de Éfeso. Debía cruzar ese río, como sea, con mis amigos a cuesta. Ese caudaloso río era mi vida, nuestras vidas, y debíamos llegar a la otra ribera. Me imaginé nadando, dando aletazos al aire, rodeado de mucha gente, luchando contra la corriente, en vano afán, pues de todas maneras terminaría ahogado.

Nadie sale vivo del río de su propia existencia.

*"El que quiera pescado que se moje el culo"* cuentan los españoles, así que di un paso hacia adelante...

# ¿Alguno que sepa tirar?

PERFORM 3 TIMES

> *The way I see it, if you want the rainbow,*
> *you gotta put up with the rain.*
> *Dolly Parton*

**B**ajé esta mañana a control con mi médico, Hermógenes, quien acababa de volver a Santiago después de un viaje bastante largo en Argentina. Es muy buen profesional, con el toque justo de paranoia requerido en un generalista, por lo que una vez por trimestre me manda a hacer toda una serie de pruebas, *"por su estilo de vida"* como dice él. ¡Es una soberana lata! Pero así es el mundo hoy en día. Como vamos, terminaremos igual que en Europa donde antes de empezar a pololear el par de tórtolos intercambia sendos exámenes diagnósticos. ¡Si hasta van juntos a tomárselos! Pensar que inventaron el Romanticismo y terminaron en eso. ¿Qué viene ahora? ¿Qué más pedirán? Me imagino saliendo con todos esos papeles en la cartera: ELISA, VDRL, Certificado de Antecedentes para Fines Particulares, Certificado de Primera Comunión, Medalla de Buena Conducta, sin olvidar el nunca tan bien ponderado DICOM® *Platinum*. ¿Cómo lo harán mis amigas para que les quepa todo en la cartera? Porque suelen tenerla tan abultada con el vestido de novias que parece estar preñada. ¡Mejor salgo en pelotas como mis orgullosas antepasadas! Un par de plumas bien puestas, un poco de pintura de guerra en la cara y ¡lista para salir a carretear! ¡Lista para el combate!

Claro está que, quizás, eventualmente y sólo como una hipótesis de trabajo, sin sentar jurisprudencia alguna, el huevón del médico tenga la razón, porque a veces me encuentro en situaciones de riesgo, como ahora mismo, por ejemplo, pues con el lejano ojo de la mente, mirando desde el lado oscuro del corazón, puedo verme a mí misma en estos momentos; una perra hambrienta, mordiendo la almohada como si fuese una indefensa coneja, gruñendo, jadeando, gimiendo al ritmo sin misericordia de los golpes en mis caderas, aguantando la desbocada cadencia del hombre, como playa de arena coralina recibiendo gustosa los brutales embates de la marejada, así estoy yo, en el centro de las sábanas, en el medio de mi cama, de rodillas, cabeza profundamente incrustada en la funda, manos en la espalda, amarradas con la corbata de Gonzalo, sintiendo sus uñas clavadas en mis ancas mientras él horada rabiosamente en lo más hondo de mis entrañas, *ad libitum*, sin piedad alguna, entre mis riñones, infernal galope sobre mi deleite, sobre las contracciones de mi vientre, surfeando ola tras ola las pulsaciones de mi gozo, así estoy yo, en cuatro patas, como una perra blanca, dedos de manos y pies enroscados, recibiendo toda la furia de la alocada, solitaria y egoísta carrera de él hacia su propio placer, mientras nado, tal pez en el agua, en lo más profundo de mi goce.

Muchos minutos después, acalorada, agotada y sudada, con el corazón latiendo hasta reventar, roja carmesí, me desaté las manos en un fluido movimiento, tiré lejos la corbata de seda italiana azul marino y me tendí en la cama a saborear la dicha simple del cigarrillo que Gonzalo acababa de encenderme sin que se lo hubiese pedido siquiera. Encendió otro y se recostó a mi lado, pieles húmedas en contacto, respiraciones tranquilizándose, disfrutando del silencio con una devoción religiosa, mirándome mientras yo gozaba de los abundantes rebotes de placer de cada contracción de mis cavidades. Un rato después, me levanté, pasé al baño, seguí por la cocina y volví con una bandeja trayendo una botella de vino tinto, dos copas y varias rebanadas de pan de molde integral, enmantequilladas y cubiertas por jamón pierna, siendo aquello todo el alcance de mis capacidades culinarias. Dispuse el improvisado ágape en la cama, entre los dos, abrí la botella y serví las copas. Brindamos en silencio.

Nada como un buen vino para disfrutar el momento. Éste en particular era muy bueno, completamente a la altura de la ocasión, siendo nada menos que un Clos Apalta Lapostolle®, año 2009, con sus impresionantes 96 puntos según el *Wine Spectator*™. Jugué un rato a mirar el rostro de Gonzalo deformado por la curvatura del cristal; un grotesco, sudoroso y obeso sátiro, con la barba desaliñada y el pecho descubierto, envuelto en humo, teñido de un rojo oscuro profundo con tintes púrpura. El vino dejó llegar a mi nariz su *bouquet*; expresando fruta madura como ciruelas, cerezas rojas, higos secos y sutiles notas a moca, mezclándose singularmente bien con los aromas cítricos de nuestros sudores y los efluvios a algas marinas, en ese registro básico, del sexo. Destacaban especias dulces; vainilla y un elegante toque herbáceo a trébol aromático y a luche fresco. Me imaginé su cuerpo contenido dentro de la copa bañándose en este vino que presenta un ataque redondo e íntegro, al igual que él, seguido de taninos aterciopelados que llenaban el centro de la boca, de mi boca, ocupada por su cuerpo, llena de él. En el paladar mostraba su gran estructura y concentración, mientras que su largo final manifestaba madurez y riqueza, bañándome, como siempre lo hacía, en su voluptuosidad.

—Te amo de verdad Vania —dijo Gonzalo de súbito—. Haría cualquier cosa para que nos casemos, pololeemos o, por lo menos, vivamos juntos.

Lo miré a los ojos estupefacta, pero no alcancé a responder; un fuerte rebote de gozo me envolvió, retorciéndome en el centro de mis gemidos. Gonzalo apenas atinó a salvar *in extremis* las dos copas de vino.

—Gonzalo, ¡no! —respondí tras recuperar un mínimo de control sobre mis entrañas—. Lo nuestro no es amor. Lo de nosotros es tirar nada más.

—Pero… ¡Yo sí te amo!

—Escucha, lo pasamos bien juntos, tiramos la raja, pero somos sólo amigos. Muy buenos amigos si quieres. Pero nada más. Nunca hablé de amor, de compromisos, ni de nada de nada. Ni siquiera usé la palabra 'relación'.

—Pero…

Lo observé silenciosa maldiciendo a Cupido y a la proterva raza de los *putti*, a la progenie completita, por todas sus inexistentes generaciones. ¡Métete tus flechas por el culo! ¿Por qué hechas a perder un excelente amigo con ventaja? Eso del amor es una maldición. ¡Un flagelo! ¡Una enfermedad! En este caso, ni siquiera se cura en la cama. Juro y rejuro por los hijos que no tendré, nunca tirar con un mismo huevón más de tres veces. ¡Jamás!

—Gonzalo, entiende, nunca me someteré, encadenaré o casaré. ¡Ni contigo ni con nadie!

—Te estás equivocando —respondió él.

—¡Yo sé equivocarme sola! —grité airada, más bien vociferé, mientras sentía la rabia hervir en mi enrevesado corazón—. ¡Se acabó! ¡Esto se acabó! ¡Ándate! No quiero que vuelvas nunca más. Y llévate ese puto oso de peluche gigante que me regalaste. No hay espacio para tonterías aquí.

Él se quedó inmóvil y, tras un eterno momento de reflexión, me preguntó muy serio:

—¿Estás segura?

—¡Ándate ahora! Te mandaré al maldito oso a tu casa por encomienda. Esto se acabó. Es mi postura final —respondí con hielo en mi voz, como si estuviese leyendo una sentencia condenatoria.

Gonzalo, sin mover un solo músculo, se me quedó mirando en silencio con cara de jugador de póquer. Su cuerpo me impresionó; potencia bruta controlada, ímpetu reprimido y ferocidad dominada. En sus ojos leí la promesa de violencia desatada, anacrónica entre los tonos pardos y amarillentos de los iris. Sólo las aletas de su nariz se movían como una roja mariposa al ritmo de sus bufidos. Sostuve su mirada un rato y, cambiando de táctica, bebí un poco de vino y procedí a comer mi rebanada de pan con jamón, ignorándolo por completo. Él me observó sin decir nada mientras yo vertía más vino en mi copa. Tras un titubeo, se levantó, se agachó para recoger la corbata de la alfombra sobre la cual había terminado su vuelo y, con un leve cojeo, resabio de su accidente de esquí del año pasado, entró al baño, abrió la llave del agua, tomó una toalla limpia del cajón y se metió a la ducha. Como todavía tenía hambre, saqué con los dedos todo el jamón pierna de Gonzalo, dejando de lado la rebanada de pan, pues engorda, y me lo comí. La radio volvió a hacerse presente por sobre mi umbral de percepción con toda su alegría prefabricada.

*Le tocaba el arranque y nada*
*Yo le daba manivela y nada*
*Le buscaba por debajo y nada*
*Y la bomba le chupaba y nada*

Me encendí otro pucho y volví a recostarme un rato. Como no hay plazo que no llegue ni deuda que no se pague, Gonzalo salió de la ducha, tomó la toalla y procedió a secarse con esos movimientos precisos y meticulosos tan propios de él. Terminó, colgó la toalla sobre la barra de la ducha dejando los bordes absolutamente alineados, salió del baño, caminó hacia la silla donde dejó su ropa bien ordenada, sacó del bolsillo interno derecho de la chaqueta del terno su cepillo de dientes, volvió al baño, perdió la cadencia buscando dónde cáspita yo había dejado la pasta dentífrica, la encontró, abrió, depositó en el cepillo, cerró cuidadosamente y se lavó rigurosamente los dientes; primero partió por las superficies horizontales superiores, siempre de izquierda a derecha, siguió con las de abajo, en el mismo orden, para continuar con las superficies verticales internas superiores, de izquierda a derecha, arriba y abajo, para terminar con el tercer conjunto de movimientos, siempre idénticos, en las superficies verticales externas, de izquierda a derecha, arriba y abajo.

De lejos, disfrutando de los últimos lejanos rebotes de deleite, lo observé disimuladamente. ¿Cómo es posible que siempre realice ese pequeño ritual de higiene diario exactamente con los mismos certeros movimientos en tiempo perfectamente cronometrado? Ahora, como suele hacerlo, se quedó sesenta segundos precisos sin moverse frente al espejo del baño, permitiendo que el flúor tenga el tiempo necesario a su difusión en el esmalte, según cuenta él. Así inmóvil, se parecía a una estatua de piedra, pensé de improvisto. ¿Me habré tirado una estatua? ¿O un robot? Obvio que no, pues Gonzalo en la cama abandona sus máscaras, sus disfraces, sus defensas y se convierte en lo que es, al fin y al cabo; un macho. Ni más, ni menos. Un toro desbocado, perfecto para esta yegua cimarrona. No entiendo a los hombres, pero tampoco busco entenderlos; sólo usarlos. Claro que si me interesara entenderlos no sabría cómo explicar esto. ¿Ese hombre de piedra inmóvil frente a mi espejo es el mismo tipo canchero, seguro de sí mismo, como si fuese dueño del lugar, que conocí en uno de los *after office* del Castillo Hidalgo? ¿Cómo podía alguien ser tan distinto según el momento? Él terminó de contar los segundos, se enjuagó la boca, guardó su cepillo de dientes en donde estaba, sacó su peineta del mismo exacto bolsillo, se peinó inmerso en la ritualidad de la propia eternidad, se vistió, con camisa, mancuernas, corbata, chaleco, chaqueta y todo, y se fue, sin proferir palabra alguna. Buena cosa, porque nunca le he soportado a ningún hombre que me pongan mala cara en mi casa.

Era el último viernes de mayo. Un día ideal para salir de parranda, donde sea y con quien sea, y perderse en el medio de las oscuras calles de la ciudad. Descolgué el teléfono fijo, apagué el celular y me metí a la ducha.  Bastante agua casi hirviendo para limpiar el cuerpo y la mente me deja siempre como nueva, especialmente si remato con un chorro helado para apretar las carnes.  Presurosa me sequé, boté la toalla al piso mojado para así maquillarme, peinarme y arreglarme tranquila.  Tomé un buen tiempo pintándome las uñas de los pies y de las manos de ese negro obsidiana que tanto me fascina.  Me puse unas clásicas medias negras a la altura del muslo, con un liguero de encaje y una línea completa de color rojo bermellón en la parte posterior de la pierna. ¡Un básico infaltable en tu guardarropa!  Complementé mi atuendo con otro clásico; el indispensable vestido negro de media temporada, la esencial *little black dress*, cariñosamente llamada LBD por todas mis amigas, quienes consideran que un simple vestido negro permite engalanarse para todas las ocasiones según los accesorios usados.  Para completar mi tenida, me hacía falta el calzado.  ¡Difícil decisión!  Vacilé entre mis zapatos de tango, negros como la noche, con esos tacos aguja endemoniadamente rituales, y ese par de botines a hebillas del mismo rojo de la línea de las medias.  Parece que mi subconsciente ya había decidido el tema.

Deliberadamente, me subí arriba de los botines rojos y me aseguré de llevar el carné, el cheque en blanco, las tarjetas y suficiente dinero en los dos bolsillos secretos del vestido.  Por último, una peluca de largo pelo liso, negro azabache, diluiría mi identidad esta vez.

Lista para embestir de lleno la ciudad, salí de mi apartamento caminando, en busca de algún bar nuevo, así tal cual, liviana, sin cartera, ni calzón y menos sostenes, para tomarme uno o más tragos, sola, mientras pesco algo.  Al pasar por el *lobby* del edificio, el huevón del conserje, estereotipado en su oficio, me mandó de reojo una de esas miradas reprobatorias a las cuales suelo estar acostumbrada. ¿Acaso creyó que me importa un soberano rábano lo que opine? Me puse a reír frente a él, en su propia cara y salí a la calle a buen paso. Sin embargo, hice una nota mental de hablar del tema de la mirada de oprobio del conserje con mi psi.

La noche era joven, un poco fresca, con el cielo cubierto de oscuras nubes, ocultando la luna llena que estoy segura estaba allí, escondida detrás del techo gris plomo, pero que percibía en todo mi cuerpo llamándome; a sentir, a vivir y a ser. Decidí dejarme guiar por mis pasos, dónde sea que me llevaran, de cruce en encrucijada, en este laberinto de calles tan conocidas a fuerza de recorrerlas a todo galope, día tras día, noche tras noche. Sin pensarlo, iba bailando en la acera, con unos pasos chicos y saltarines. Los pocos transeúntes me miraban como a una lunática. Me daba lo mismo. Debía bailar. Gonzalo estuvo a punto de domesticarme. ¡Quizás fue un sueño! Por suerte, no se dio el tiempo de hacerlo. Ahora, bailaré hasta el amanecer, porque el vivir sólo es soñar; y la experiencia me enseña que la mujer que vive, sueña lo que es, hasta despertar, por el resto de mi vida. ¡Bailaré *sirtaki* en una playa de estacionamiento como Zorba el Griego! Por un naufragio en alta mar, en una terrible tempestad, por la zozobra de esta relación, en las oscuras profundidades saladas. El mar es mi espejo; contemplo mi alma en el desfile infinito de sus olas, y mi espíritu no es un abismo menos amargo.

Mis pies me llevaban a cruzar una calle, lo hice por las líneas de un paso de cebra, como una Dorothy Gale cualquiera siguiendo el camino de baldosas amarillas. En la vitrina de un banco divisé un reflejo con el mismo talante que Gonzalo. Por un breve instante, me asusté, pero no era él. Sólo fue la espurrea imagen de la marmórea estatua de un ilustre desconocido.

—¡Crrriiiiiiiiiiiiiiiiiiiiii…! —sonaron unos frenos de auto.

Paralizada de espanto miré con pavor este sedán detenido a pocos centímetros de mí, sola, parada en el medio de una raya amarilla. El conductor sacó la cabeza por la ventanilla y procedió a imprecarme con el rosario completo de los insultos usuales a estas circunstancias. Pronto se le acabaron y se fue presuroso en su bólido antes de que cambiara el semáforo.

¡Pucha!

¡Me he salvado!

Acababa de salvarme de terminar atropellada, idiotamente, por andar despistada pensando en un mino. ¡En un hombre! ¡Morir estúpidamente por un huevón! Pero, si hay miles… ¿Cómo se me ocurrió? ¿Qué me pasó? ¡Yo que siempre he tenido los pies muy bien puestos en la tierra! Me reí a carcajadas, todavía en la mitad del paso cebra. Una risa histérica. No valía la pena fenecer por el recuerdo de un mino. Mejor lo olvido de verdad. Buscaré otros. Muchos más. Dejaré de flirtear con la poderosa muerte, pues no es lo mío. Los minos son lo mío.

Me fui, bailando, canturreando, feliz, aliviada de mis pesares, de mis cargas. ¡Esta era una nueva vida! Pues había renacido a ella. Bailando celebré esta oportunidad, esta nueva existencia, dando saltos en una pierna y luego en la otra, como una pájara loca, saltando de baldosa en baldosa. ¡Me reí! Me reí de mí misma, de nada y de todo. Yo no soy una pobre garza enjaulada, dentro de la jaula nacida, para morir así trivialmente en una salida nocturna. Largo tiempo me dejé llevar por mis pies en esta celebración de la vida.

¡No!

¡No le contaré nada al psicólogo! ¿Para qué? Si, total, me da exactamente lo mismo lo que piense el conserje, mi terapeuta y todo el huevonaje. ¿Por qué gasto tiempo y fortuna en él entonces? ¿Para que me ayude con mis culpas? ¿Mis vergüenzas? ¿Con mi deber-ser? ¡Ya no tenía! Los tres acababan de ser atropellados. ¡Se acabó! ¡Chao psi!

—¡Soy una mujer libre! —aullé, feliz, con toda la fuerza de mis cuerdas vocales en el medio de Providencia, mientras la peluca volaba por los aires, describiendo una perfecta parábola y suscitando la mirada de las pocas personas paseándose—. ¡Y no me importa quién me vea libre! ¡Haré siempre lo que se me dé la real gana! Me sentaré en la taza de un baño público e iré a las fiestas de la familia sin cartera y con un mino distinto cada vez.

Un viento norte se hacía sentir y del cielo grisáceo a azulado, paulatinamente, caían unas pequeñas gotas de lluvia, pocas al principio, hasta convertirse con el fluir de los minutos en una lluvia hecha y derecha, que caía de manera sostenida hacia el piso; la primera lluvia del año, inundando la ciudad de petricor.

Paso a paso, feliz, segura de mí misma, bailando, me dejé llevar, navegando entre las multicolores baldosas de una vereda cualquiera de Providencia; llegaré al mar, que siempre amé y amaré, donde todo se ve bello. Llovía mucho y, como los desaguaderos estaban tapados por las hojas otoñales, verdaderos ríos se formaban al borde de las cunetas. *"Nuestra vida son los ríos, que van a dar en la mar, que es el morir"* cantó el poeta. Pero, yo no he de morir, tengo que vivir. Por lo menos no moriré hoy. Vadeé el río, mojando irremediablemente mis botines rojos, y seguí con mi camino. Perfecta y libre de toda culpa, iba sin paraguas, ni sombrero, ni cartera, ni calzón, mojándome la cabeza y la cara bajo la lluvia, disfrutando de sentirme bendecida por el agua, cubierta de humedad, por fin redimida para habitar la existencia...

# El Castillo Hidalgo.

```
ENDPROG.
    STOP RUN.
```

*God is in the rain*
*Evey Hammond, in the movie V for Vendetta*

L as características de la inteligencia que suelen calificarse de analíticas son en sí mismas poco susceptibles de análisis. Sólo las apreciamos a través de sus resultados. Entre otras cosas sabemos que, para aquel que las posee en alto grado, son fuente del más vivo goce. Goza incluso con las ocupaciones más triviales, siempre que pongan en juego su talento. Le encantan los enigmas, los acertijos, los jeroglíficos, y al solucionarlos muestra un grado de perspicacia que, para la mente ordinaria, parece sobrenatural. Kurtzinski había sido condenado a poseer una mente altamente analítica y la usaba en todas las actividades de la vida. Su fiesta de cambio de ciclo se había convertido en un juego terriblemente serio. Tenía todo calculado, la estrategia definida y las piezas precisamente dispuestas en los escaques correspondientes. Sólo faltaba dar inicio a la partida.

Llovía sobre Santiago. Era una lluvia sostenida, constante, inextinguible, que llegaba desde las azules pampas del Pacífico a lavar el gastado polvo de esta ciudad cubierta por el mortífero manto cafesoso de la polución. Era una clásica lluvia de fines de julio, pautada por aleatorias y heladas ráfagas. En su brutalismo primario, las lozas de hormigón armado salpicadas de alquitrán humedecido de la Alameda reflejaban los faros de los buses del Transantiago® en una mezcla de Pollock[71] con Kandinsky[72], que ninguno de los dos hubiese aprobado. A causa de la tormenta había poco tráfico para una noche de viernes. Era una noche ideal para quedarse en casa, en la cama, con el Scaldasonno™ encendido, frente al televisor sintonizado en un canal cualquiera.

Kurtzinski estaba parado a la salida del Metro® Santa Lucía, justo frente a la Biblioteca Nacional de Chile[73], estoico ante la lluvia y el frío que penetraba hasta sus huesos a través de la sotana de verano. Hurgó en sus bolsillos en busca de su celular y, buceando entre varias llaves, un control remoto artesanal *fatto in casa* y tres monedas de plata, lo encontró. Al mirarlo, éste le indicó 19:33 Hrs, acentuando su nerviosismo. Buscó a las dos amigas con la mirada fija en el caudaloso río de oficinistas mojados, presurosos de volver a sus casitas, mientras se precipitaban dentro de la boca del Metro® para dar inicio a su subterránea jornada. Imaginó la urbe viva,

---

[71] Nota del Editor: Paul Jackson Pollock (Cody, Wyoming, Estados Unidos, 28 de enero de 1912 – Springs, New York, ibídem, 11 de agosto de 1956) fue un alcohólico y pintor norteamericano de gran importancia en el movimiento expresionista abstracto, siendo muy conocido por su estilo de chorreo.

[72] Nota del Editor: Wassily Wassilyevich Kandinsky (Moscú, Imperio Ruso, 16 de diciembre de 1866 – Neuilly-sur-Seine, France, 13 de diciembre 1944), Василий Васильевич Кандинский en ruso, fue un abogado, teórico del arte y pintor muy influyente, habiendo enseñado derecho romano en Dorpat y arte en el Bauhaus en Múnich, y siendo el primero en perpetrar una obra completamente abstracta. Su libro "*Punkt und Linie zu Fläche, Beitrag zur Analyse der malerischen Elemente*" (1926) es uno de los pilares de la teoría moderna de la composición artística.

[73] Nota del Editor: Avenida Libertador General Bernardo O'Higgins N° 651, Santiago, Chile.

una tentacular entidad, creciendo cuasiestáticamente como una ameba, cuyas profundas arterias subterráneas marcaban el pulso, el ritmo, el latido, de millones de minúsculos glóbulos, rojos y blancos, fluyendo veloces en sus efímeras existencias. Ninguno de ellos siquiera miraba la estática figura negra de un sacerdote estilando; aquél beatífico esperpento crepuscular. La muceta ayudaba en algo a combatir el frío, claro que el verdadero auxilio eran los bototos de media montaña, marca Kastinger®, negros como el resto de su atuendo y duros como pezuñas de toro de lidia. De lejos divisó el pelo rojo cinabrio de Rowena, sobresaliendo en el medio del mar de cabezas mojadas. En contraste, la cabellera negro azabache de Ligeia ondeaba a su siniestra. Desde el cuello hasta los tobillos, cada una iba cubierta por un largo manto negro. Ambas se acercaron a Kurtzinski y, disimulando la sorpresa por su vestimenta, lo saludaron formalmente. Él las bendijo antes de bordear la Alameda en dirección de la invisible Cordillera de los Andes. Lado a lado, brazos en los hombros, él al medio, sintiendo la lluvia en la frente y las miradas en la espalda, caminaron hacia el Cerro Santa Lucía, negros paños ondeando al viento nocturno como singulares oriflamas, imaginándose portaestandartes de un oscuro ejército de *condottieres* marchando a su último combate, ya sin posibilidad alguna de redención. Ante ellos se alzaría la entrada de aquel cerro, solitario en la llanura del Valle Central, diminuto con sus sesenta y nueve metros de altura frente al San Cristobal y a las demás imponentes apófisis espinosas de la columna vertebral[74] de

---

[74] Nota del Editor: En el ser humano son treinta y tres las vértebras mientras que para un continente son incontables e infinitas.

América. Antaño los aborígenes lo llamarían *Huelén*[75], hasta el desdichado día en el cual los conquistadores llegarían a sus pies, un infausto viernes 13 de diciembre de 1540, día que recuerda a Santa Lucía de Siracusa, ciega mujer de piedra que *"consagró su virginidad con el martirio"*, vaticinando el día del inicio del aciago Concilio de Trento, que sería convocado por el Papa Paulo III unos cinco precisos años después. Transcurridos algunos meses de su llegada, el entonces Teniente Gobernador don Pedro de Valdivia fundaría en su cima la ciudad de Santiago de Nueva Extremadura, actual capital de la República. Muy irónicamente, con el advenimiento de la educación secundaria obligatoria y de la revolución sexual, generaciones de colegialas serían desvirgadas haciendo la cimarra en las boscosas faldas del Cerro Santa Lucía, consagrando con el sacrificio de su sangre la dura eternidad de la roca maldita.

Los peldaños mojados los obligaron a moverse con cuidado mientras subían las escaleras de la entrada iniciando así su viaje, poniendo un pie delante del otro y siguiendo adelante, con precisión, lentamente, como mimos borrachos en una cuerda floja. Un camino sin iluminar los llevaría por la derecha, tres negros puntos cubiertos de crujidos de viejos árboles, azotados por las ráfagas de viento del frente de mal tiempo, siempre subiendo, zapatos en la tierra hecha lodo de tanta lluvia, darían una vuelta completa al cerro, enfrentarían otras tenebrosas escaleras, seguirían

---

[75] Nota del Editor: La etimología de la palabra *Huelén* es aún controversial, pudiendo derivar del mapudungun *huele'n*, maldito, de mala suerte, o del mapudungun *guue*, solitario y *len*, ser o estar, por lo que éste sería el Cerro Maldito o el Cerro Solitario (Voces indígenas de uso común en Chile, Dr. Juan Grau V., 1998, Ediciones OIKOS Ltda).

subiendo, lentos en la oscuridad, avanzarían en formación de triángulo equilátero, sin hablar, fantasmas de la noche, hasta llegar casi una hora después, tras subir una empinada escalera más, zapatos enlodados, cansados y mojados, ante la Ermita Vicuña Mackenna. Una violenta borrasca los recibió con mucho estruendo y la lluvia fatigó a los imprudentes, casi arrastrándolos por los torbellinos de un viento furioso y precipitándolos cerro abajo. La entrada, circundada por dos curvas columnas adosadas, estaría cerrada, primero por una reja de fierro forjado con candado y segundo por un portón tallado de roble macizo. Kurtzinski se irguió con toda la formalidad que pudo conjurar en sus helados huesos y enunció «*Tú eres Pedro, y sobre esta roca edificaré mi Iglesia, y el poder de la muerte no prevalecerá contra ella. Yo te daré las llaves del Reino de los Cielos. Todo lo que ates en la tierra, quedará atado en el cielo, y todo lo que desates en la tierra, quedará desatado en el cielo*»[76]. Sacó dos llaves de frío bronce de un bolsillo de su sotana y, con estridente chirrido metálico, abrió el camino para penetrar en la oscura capilla, seguido sin titubear por sus dos amigas. Meticulosamente cerró la reja y después el portón de la entrada, para dejar todo tal cual estaba antes de su llegada. Quedaron a oscuras, hasta que, a falta de otra iluminación, Ligeia encendió su celular entregando así una tenue luz azulada y pudieron divisar entre sombras el interior del santuario. Prosiguiendo con el viaje, Kurtzinski avanzó hacia el corazón de las tinieblas, abrió una reja más, tras la cual una escalera de caracol de fierro forjado bajaba dando vueltas y perdiéndose en la oscuridad. La tomó, siempre acompañado por su escolta, escuchando sólo el ruido

---

[76] Nota del Editor: (Mateo 16:18-19).5

como de espadas chocando de sus pasos sobre antiguo acero, siguiendo la espiral sin necesidad de ver su camino hasta completar tres vueltas. Habían llegado a una especie de bodega de murallas de piedra espolvoreadas de salitre y llena de polvorientos baúles camuflados entre las blancas telarañas. Frente a ellos, del otro lado de la habitación, adivinarían la forma de una puerta estrecha, metálica y cerrada. Kurtzinski cruzó el espacio hasta pararse justo delante, acompañado por sus dos amigas quienes enarbolaban sus celulares como antorchas. Sacó la llave de bronce más antigua y la abrió, para develar otra habitación, la cual daba a un pasillo que conducía a los subterráneos, hacia donde se dirigió, seguido por una marcha vacilante. Atravesarían una arquería baja, descenderían, seguirían adelante y descenderían de nuevo. Kurtzinski bajaría otra larga escalera de caracol, recomendándoles tener precaución cuando siguieran este camino. Llegarían al cabo a la extremidad inferior del descenso y se detendrían juntos sobre el húmedo suelo de lo que parecía ser unas catacumbas con las paredes de piedra recubiertas de salitre como si fuese musgo. El aire era pesado, más que húmedo; mustio. Olía a encierro, hongos y algo indefinible. En una de las paredes todavía se podía leer en letras de piedra oscura; *Visita Interiora Terrae Rectificando Invenies Occultum Lapidem*. Al fondo de esta cripta aparecía otra algo menos espaciosa. Sus muros estaban cubiertos de restos humanos alineados hasta la altura de la cabeza, a la manera de las grandes catacumbas de París. Dos lados de la cripta interior estaban aún decorados en esta forma. Había sido utilizada, al parecer, en los lejanos tiempos de la dictadura, como mazmorra. En el tercer lado, los huesos se habían arrojado al suelo y yacían en gran promiscuidad, formando en cierto sitio un montón de regular tamaño, alrededor de una puerta de hierro macizo, cubierta por una capa de cobre, sobre la cual otras letras idénticas en material y tipografía dibujaban una especie de triángulo escaleno con tres palabras superpuestas; *Hic Sunt Dracones*. Él se acercó para abrirla y cuando aquel inmenso peso giró sobre sus goznes, produjo un ruido singular, agudo y chirriante. Se podía escudriñar un túnel, completamente oscuro, tallado en la dura roca viva, de negras columnas pentagonales de basalto, con una parte del suelo y todo el interior de la larga bóveda también revestidos de cobre martillado, que se hundía curvo en las vísceras del cerro.

Kurtzinski miró fijamente a los ojos, primero a Rowena y después a Ligeia, y les dijo: —Este es su rito de iniciación. Deben entrar en esta *terra ignota*, sin luz alguna, caminar en la negrura de la galería, internarse en las entrañas del Santa Lucía, entregarse sin miedo a sus piedras, acariciar la roca, amar este Inframundo. En el interior hay muchas encrucijadas, pero, doblando siempre a la izquierda, sin jamás dejar de sentir la fría aspereza mineral en su siniestra, llegarán en poco más de una hora al lugar donde la oscuridad se vuelve luz, donde ustedes verán la luz por primera vez. Yo cerraré la marcha. Si perseveran serán purificadas por los elementos, saldrán del abismo de las tinieblas, ¡verán la luz!

Así lo habrían de hacer. Con Rowena primero, Ligeia siguiéndola y Kurtzinski al final, se inició la invisible procesión. Los pasos cautelosos resonarían en el suelo de piedra; el corredor bifurcó en otros más angostos. El cerro parecía querer ahogarlos, el techo se hacía muy bajo. Avanzarían uno tras otro. Entorpecido de telúricos sueños, cristalinos presagios y angular existencia, fluía sin fin contra las manos el invisible muro. Nadie habló; sólo escucharían el ritmo lento de las pisadas pautadas por sus profundas respiraciones. Primero perderían el recuerdo del sol, a continuación, el de la luna, después el tiempo se les haría eterno, incalculable, como si desde antes de la creación del mundo ellos estuvieren yendo y viniendo en las entrañas de la Tierra, hasta que, sin saber cómo ni dónde, no entenderían por qué erraban así en la espesura de la tinta que nunca parió la noche, peregrinos perdidos en el desierto de la roca, en la inmutable tranquilidad de la nada, en la soterrada angustia milenaria. Olvidarían hasta el frío. Tras una última encrucijada, al fondo de la caverna, una tenue luminosidad se les presentó. Dudarían de su realidad, pues no era una luz normal. No era ni natural ni de ampolleta ni de neón. Pero allí estaba, una luz borrosa, difusa, que no venía de ninguna parte, pero estaba en todas las cosas, como si pudieran ver la energía propia de cada objeto. ¿Imaginarían acaso a sus ojos alucinando? Caminarían percibiendo la luz crecer y metamorfosearse en una gran sala, iluminada desde el suelo por esa misma evanescente bruma. Justo antes de terminarse el túnel, cruzarían un pequeño puente de piedra, extrañamente adornado de siete pequeñas estatuas de lapislázuli, turquesa y malaquita, sobre un torrentoso desagüe de agua lluvia, prácticamente devenido en río por la tempestad.

El salón, situado en lo profundo, directamente bajo el orgulloso Castillo Hidalgo encaramado sobre el cerro Santa Lucía, era de forma pentagonal y de gran tamaño. Ocupando todo el frente izquierdo y opuesto del pentágono, había un espejo único, una lámina inmensa de cristal, un solo trozo de vidrio plomizo, de manera que los refulgentes rayos de luz, al reflejarse, arrojaban un resplandor fantástico sobre los objetos del interior. El techo decorativo, de tétrico roble recubriendo la andesita de la bóveda, era excesivamente alto, abovedado y primorosamente esculpido con el más extravagante y grotesco estilo druídico, en el cual se podía apreciar un laberinto Trojaborg[77] de siete anillos. Dos divanes orientales y cinco candelabros dorados veíanse por varios lados; y había incluso un lecho muy bajo, redondo, sin dosel, de sólida madera esculpida, barnizada al estilo del ébano. Los elevados muros, de altura gigantesca y casi desproporcionada, estaban revestidos de arriba abajo en amplios pliegues de una tapicería pesada y casi sólida, del mismo tejido que descollaba como cubierta en los divanes y en el inmenso lecho. El tejido era de la más rica tela de oro. Estaba salpicado por todas partes, a intervalos irregulares, de arabescos de un metro de diámetro, laborados sobre la tela en dibujos del más puro negro azabache. Pero aquellas figuras ostentaban su verdadero estilo arabesco solamente cuando se las contemplaba desde cierta línea visual. Una leve corriente de aire las había dotado de aspecto cambiante, que prestaba al conjunto lúgubre e inquietadora animación. En el preciso centro del salón, a igual distancia de los dos divanes y del lecho, una mesa baja, de cinco lados iguales, cubierta por el mismo cristal del espejo, soportaba un caldero rojo sangre, lleno de una espesa sustancia café oscura. No obstante, lo más extraordinario del salón era el suelo, pues parecía no tener consistencia sólida, sino que flotaba, vaporoso, emitiendo luz líquida entre los

---

[77] Nota del Editor: En sueco la palabra *Trojaborg*, ciudad de Troya, es usada para describir cierto tipo de laberintos unicursales clásicos desperdigados por todo el norte de Europa desde el epineolítico, los cuales también son llamados *Troy Town* en inglés.

muebles y sus propios pies, pulsando al son de una música de fondo, de gaitas celtas, en forma repugnantemente orgánica; sin embargo, emitía pequeños crujidos al caminar, como si estuviesen aplastando gigantescas crisálidas con cada pisada.

Hacía bastante calor en el salón, por lo que Kurtzinski se quitó la muceta, dejándola tirada sobre el mueble más cercano. Rowena y Ligeia hicieron lo mismo en el diván opuesto con sus respectivos mantos, mostrando la cuidadosa producción de ambas. Toda cubierta de negro, Rowena llevaba un magnífico vestido hecho de paneles de terciopelo y raso, con encaje sobre los paños centrales y laterales, que le cubría hasta los pies. Otros delicados encajes cubrían sus hombros. Además, tenía una sobrefalda acanalada con pequeñas rosas a manera de detalles. Estaba adornado con cinta de encaje. Guantes de terciopelo con adornos de brocado y cordón-cinta sobre panel de tafetán cubrían sus brazos hasta un poco más arriba de los codos. Como única concesión a la sobriedad del negro, un Anj[78] de plata, al revés, colgaba de una fina cadena sobre sus pechos, acompañado por aretes del mismo motivo y material. Ligeia también estaba toda de negro, pero llevaba puesto un atractivo vestido corto de tela de brocado de seda, ajustado perfectamente a su delgado cuerpo hasta la cintura. La parte delantera de la blusa, sostenida por unas correas, creaba un arco halagador. Una enagua de malla añadía un poco de volumen al conjunto, llegando más abajo del dobladillo pero todavía bien por encima de las rodillas. No llevaba puesto nada más, pudiéndose

---

[78] Nota del Editor: El Anj (☥), también denominado cruz ansada, en latín *crux ansata*, cruz egipcia o llave de la vida, es un jeroglífico egipcio que significa *vida*.

apreciar los múltiples tatuajes de sus brazos y muslos. De cerca, éstos representaban una profusión de calaveras refocilando en una especie de multitudinaria danza macabra. Un solitario granate almandino, en forma de corazón invertido, brillaba en su muesca yugular, espejado en cada índice por sendas gemas gemelas montadas en oro rojo. Ambas amigas usaban botines cortos idénticos, el mismo rouge, negro mate, y ninguna llevaba cartera, completando así la inmanencia sus figuras.

Desde el pozo profundo de sus tenebrosos ojos pardos, Kurtzinski las miró apreciativamente y esbozó una sonrisa pícara. Lentamente, sin hablar, las amigas se abrazaron, regalándose un largo beso mientras la música subía su volumen, invitándolos todos a bailar. Él abrió una botella de vino tinto que se encontraba en una de las mesitas que acompañaban a los divanes, lo sirvió en tres copas de peltre, fríos cálices cubiertos de sagradas runas, cada una distinta de las otras, y las llevó hacia el caldero. Formando un triángulo en su rededor, saciaron su sed mirándose a los ojos en esta luz fuera de lo común, viendo la blancura de su tez tomar un tono cadavérico y sus dientes refulgir a cada risa, dando entonces por terminado el viaje e iniciando así la ceremonia. Se dejaron llevar por la música y bailaron con una combinación de movimientos alternativos y circulares, realizando saltos en una pierna, como grullas, para luego saltar, cual danza moderna o tribal, constituyendo el cuerpo mismo en una superficie pentagonal cuyas cinco puntas estaban formadas por la cabeza, las manos y los pies.

—Treinta y tres[79] vueltas daremos —declamó él mientras bailaba.

—Tres son las Moiras —cantaron ellas a coro.

—Treinta y tres vueltas daremos —volvió a declamar él.

—Tres son las Cárites —cantaron ellas, dando vueltas, bailando en rededor del caldero.

—Treinta y tres vueltas daremos —siguió gritando.

—Tres son las Hespérides.

—Treinta y tres vueltas daremos.

—Tres son las reinas magas.

—Treinta y tres vueltas daremos.

—Tres son las grandes pirámides.

—Treinta y tres vueltas daremos.

—Tres son los colores de la vida.

—Treinta y tres vueltas daremos.

---

[79] Nota del Editor: Treinta y tres es la suma más pequeña de dos números positivos diferentes, cada uno de los cuales ha sido elevado a la quinta potencia. Dicho de otra forma; $1^5 + 2^5 = 33$. Es de importancia tomar nota de que 5 no sólo es un número primo, de Fermat, sino que también es un número de la sucesión de Fibonacci. Son cinco los libros del Torá, son cinco las caras de Shiva, son cinco las llagas de Jesucristo, son cinco los pilares del Islam y son cinco los sentidos.

—Tres son las hijas.

—Treinta y tres vueltas daremos.

—Tres son las fases de la luna.

—Treinta y tres vueltas daremos.

—Tres son las edades de la vida[80].

—Treinta y tres vueltas daremos.

—Son tres viajes.

—Treinta y tres vueltas daremos en el tercer planeta —gritó finalmente él.

Así siguieron, moviéndose alrededor del caldero, dando vueltas, bebiendo vino tinto, cantando, gritando, besándose, saltando, alternando de pie, hasta ver cómo la espesa sustancia café oscura humeaba, burbujeaba y exhalaba un olor tan agradable como ligeramente nauseante. Kurtzinski paró de bailar, tomó de una fuente tres brochetas para examinar cuidadosamente los blancos ojos clavados en sus puntas antes de bañarlas en la espesa sangre de dragón del caldero. Las retiró y ofrendó una a cada amiga. Se deleitaron con un sabor amargo en un comienzo y dulce al final, pues el hambre arreciaba en el vientre de la infinita soledad mineral. El paladar se les llenaría de esa crema de textura tan fina; aromática, potente y grasa, mezclando sabores a flores de bosques salvajes, nueces

---

[80] Nota del Editor: Infancia, adultez y vejez.

secas tostadas y frutos rojos, equilibrando la amargura natural del cacao con una sorprendente acidez cítrica.

Bailarían otra vez, bebiendo, cantando, comiendo, saltando tres veces en cada pie, gritando, acariciándose y besándose entre todos, acalorados, sedientos, cafesosos labios ardientes, pezones erectos cubiertos de chocolate, dulces y amargos, rojas las orejas, eufóricos, frenéticos, danzarían horas y más horas, despojándose uno a uno de sus ropajes, tocándose, ondulantes albos pechos, dos fuertes piernas peludas levantando con frenesí los negros bototos, cadenciosas caderas, bruñidos muslos de mujeres, copularían aceleradamente, una y otra vez, seguirían bailando, manos en otras cinturas, cantando, bebiendo vino, gritando, lengüeteando amargo cacao en bocas ajenas, saboreando pezones cafés en tersa piel blanca, saltando en un pie y en el otro, devorando blanquecina crema, simiente de toro, cimiento de hombre, de fervorosos labios femeninos, viviendo, luchando por su realidad, por la inmortalidad, en esta danza de la vida y la muerte, tejiendo el damero de su propia existencia, mirando con las pupilas dilatadas el goce de su conquista.

Muchas horas de baile después, acalorados, agotados y sudados, con el corazón latiendo hasta reventar, rojos carmesí, se tenderían revueltos en la cama a saborear la dicha simple del contacto de la piel húmeda con otras pieles calientes, mientras místicas figuras canas seguirían bailando y saltando al derredor del lecho en el cual yacían inermes e inertes, apenas con las fuerzas para sentir más que ver a tanto bailarín revoloteando sobre sus cabezas como pálidos psicopompos invitándolos a seguir dando vueltas y vueltas eternamente.

Lo último que el ser conocido como Kurtzinski vio de este mundo fue llover. Del techo, lentamente, muy lentamente, bajaron unas gotas de plomo fundido, pocas al principio, hasta convertirse con el desgranar de los minutos en una lluvia en cámara lenta, como de perdigones grises, que caía de manera sostenida hacia el piso, paso a paso. Como en respuesta, del vaporoso suelo se elevaron paulatinamente otras gotas de blanco alabastro, nieve electrónica lloviendo al revés, cabritas fluorescentes, que subían como nubecitas de vapor en una fría tarde, como albas burbujas nadadoras. Al juntarse en la mitad del espacio del salón, ambas lluvias formaron un caldo de diminutas gotas blancas y negras, como la curva pantalla de rayos catódicos de un televisor sintonizado en un canal muerto. Una sopa que se fue expandiendo, haciéndose más espesa, hasta ocupar todo el volumen del salón, densa crema de puntos grises, en la cual él ahora nadaba, cual pez en el agua, sin respirar siquiera, en paz, por fin, libre de volar…

# Postgrafe

*I've... seen things you people wouldn't believe...*
*Attack ships on fire off the shoulder of Orion.*
*I watched c-beams glitter in the dark*
*near the Tannhäuser Gate.*
*All those... moments... will be lost in time,*
*like [small cough] tears... in... rain.*
*Time... to die...*

*Roy Batty, in the movie Blade Runner*

# Epílogo

```
JOB-99-EXIT.
   DISPLAY "NEED SIX COINS:" UPON SYSERR
      WITH NO ADVANCING
   ACCEPT Coins
   IF Coins = 6
      FREE LifeAsItIs
      EXIT
   ELSE
      GO TO ENDPROG
   END-IF.
   EXIT.
```

*Ein Brunnen singt. Die Wolken stehn*
*Im klaren Blau, die weißen, zarten.*
*Bedächtig stille Menschen gehn*
*Am Abend durch den alten Garten.*
*Georg Trakl, Musik im Mirabell*

Un poco más de un año después, un quince de agosto, en la ciudad de 福岡市 (*Fukuoka*, 33°35′N 130°24′E), capital de la prefectura homónima en el extremo norte de la isla 九州 (*Kyushu*) del Japón, Lili Marleen Kurtzinski abría la puerta de su casa cargada de las compras matinales; verduras, frutas y flores. La rubia cabeza de su hijo la seguía por doquier, correteando con sus rápidos y cortos pasos. Hoy iniciaba el festival de お盆 (*Obon*) dedicado a honrar a los espíritus de los ancestros y, para ella en especial, era el 初盆 (*Hatsubon*), el primer festival tras la muerte de un pariente cercano. El verano en Japón es muy caluroso y húmedo, por lo que llevaba un ligero 浴衣 (*yukata*) de algodón, el *kimono* estival según la usanza, de un gris tan oscuro que casi era negro, el cual usaría los tres días de festividades.

En la cocina procedió a cortar con sumo cuidado un par de berenjenas, esculpiendo primero un caballo, para que las almas de los muertos vengan rápido a este mundo, y con la segunda una vaca, para que se queden lo más posible en este plano. Largo tiempo dedicó a las figuras hasta que, satisfecha, las dispuso sobre una hoja de loto recién cortada del jardín junto con las mejores frutas, como ofrenda a las almas de los ancestros fenecidos, sobre el 精霊棚 (*shoryodana*), el altar de los espíritus especialmente erigido a principios de mes frente al 仏壇 (*butsudan*), el aparador que hacía oficio de ara budista para la familia, asegurando así su sustento durante el festival.

Decoró la casa con varios floreros, a pesar de no haber invitado ni parientes ni amigos. Había decidido no solicitar la presencia de un monje para la recitación usual de 経 (*suttra*). Sin embargo, llevaba casi un año plegando papelitos cuadrados y de color hasta convertirlos en 折鶴 (*orizuru*), *origami* en forma de grulla, en diecisiete precisos movimientos. Todos los días doblaba de tres a cuatro, para enhebrarlos con hilos en unas especies de collares gigantes. Una antigua leyenda japonesa prometía que cualquiera que haga un 千羽鶴 (*senbazuru*), mil grullas de papel, en un año recibirá un deseo de parte de los Dioses, usualmente una larga vida. Desde la muerte de su Padre, había logrado doblar mil veinte y cuatro pájaros multicolores, los cuales colgó de un árbol en el jardín de la casa.

Se acercaba la noche y, antes de que empezara a oscurecerse, abrió la caja en cartón nueva con el tradicional farol, lo armó y colocó frente a la casa, al lado de la puerta de entrada, para así ayudar a las ánimas a encontrar el camino e invitarlos a entrar a su hogar. Lo encendió para ver unas luces de neón rosadas y azules dar vueltas y vueltas dentro del farol, parpadeando al pulso de los rebuscados algoritmos del microcontrolador digital, el corazón electrónico del artefacto. Confusamente, se sintió como una niña chica instalando las decoraciones de Navidad, a la expectante espera de los regalos de sus progenitores.

Lili volvió a entrar a la casa y se dirigió hacia el 床の間 (*tokonoma*), la usual alacena japonesa, dónde exhibía su preciado bonsái. La rectitud del tronco siempre era una inagotable fuente de fortaleza para ella. Las veces que despierta de noche las aprovecha para observar el bonsái. Con lentitud, dado su incipiente estado de gravidez, se arrodilló y meticulosamente puso las ciento ocho velas en el candelabro *ad hoc*, cada una representando un 煩悩 (*bonnō*), deseo terrenal, apetito de la carne o pecado. Al encender las velas vería la lenta combustión de esas pasiones diabólicas.

Se acordó de que mañana correspondía ir a limpiar la flamante tumba de la familia, en cuyo seno reposaban las cenizas de su Padre; don Rodrigo Gonzalo Kurtzinski Hanke. Siguiendo con las costumbres, le llevaría algunas flores. No obstante las instrucciones, precisas y detalladas, del testamento, no había podido conjurar suficientes fuerzas como para tirar sus cenizas al mar.

Lili escuchó la puerta de la casa abrirse, se dio vuelta para ver a su esposo saludarla formalmente como lo hacía todos los días al volver del trabajo antes de despojarse de la corbata azul, de seda italiana: ただいまかえりましたのリリさん。すみません、おそくなりました。

おかえりなさいませ —respondió con una chispa de felicidad en el profundo verde malaquita de sus ojos mientras se inclinaba hacia él con el debido respeto。

# ポスツエピーロゴ

村上　春樹

ねじまき鳥クロニクル

出鱈目な年の、出鱈目な月の、出鱈目な一日だった。

出鱈目な一日だった。

# Biografía del autor

L e Vieux Coq es un viejo fauno sibarita dedicado a gozar de las cosas buenas de la vida; la buena mesa, los buenos libros, el buen vino y la sobremesa bien conversada con bellas mujeres. Un vividor obsesivo, compulsivo, apasionado coleccionista de instantes, sonrisas, momentos, besos, vinos, comidas, frases, caricias y palabras, quien a lo largo de su atribulada existencia ha acumulado infinidad de recetas e historias, las cuales ha empezado a contar.

# Bibliografía en APA menor

Adams, D. (1979). *The Hitchhiker's Guide to the Galaxy.* London: Pan Books.

Akerlof, G. A. (1970, August). The Market for "Lemons": Quality Uncertainty and the Market Mechanism. *The Quarterly Journal of Economics,* 84(3), 488-500.

Alighieri, D. (1320). *La Divina Commedia.* Ravenna, Italia.

Allers, R., & Minkoff, R. (Directors). (1994). *The Lion King* [Motion Picture].

Andersen, H. C. (1845). De røde sko. En H. C. Andersen, *Nye Eventyr. Første Bind. Tredie Samling.* Copenhagen: C. A. Reitzel.

Apollinaire, G. (1913). *Alcools.* Paris: Mercure de France.

Arlt, R. (1927). *El Juguete Rabioso.* Buenos Aires: Editorial Latina.

Bahamonde, F., Guzmán, A., Pavez, K., Sepúlveda, J., & Marinho, L. (2015). *Jotes y pasteles - Manual de Chilean Lovers.* Santiago: Editorial Planeta Chilena S.A.

Balzac, H. d. (1830-1856). *La Comédie humaine.* Paris: Béchet, Gosselin, Mame, Charpentier, Dubochet, Furne et Hetzel.

Barbery, M. (2006). *L'Élégance du hérisson.* Paris: Éditions Gallimard.

Barca, P. C. (1635). *La vida es sueño.* (Compañía de teatro de Cristóbal de Avendaño, Intérprete) Madrid, España.

Barrie, J. M. (1904, December 27). *Peter Pan; or, the Boy Who Wouldn't Grow Up.* (G. d. Maurier, & N. Boucicault, Performers) Duke of York's Theatre, London, UK.

Barron, S. (Director). (1990). *Teenage Mutant Ninja Turtles* [Motion Picture].

Baudelaire, C. (1857). *Les Fleurs du mal.* Alençon: Auguste Poulet-Malassis.

*Biblia de Jerusalén.* (1979). Bilbao, España: Desclee de Brouwer.

Bolaño, R. (2000). *Nocturno de Chile.* Barcelona: Editorial Anagrama.

Borges, J. L. (1949). *El Aleph.* Buenos Aires: Losada.

Boyle, D. (Director). (1996). *Trainspotting* [Motion Picture].

Browne, T. (1658). *The Garden of Cyrus.* London.

Browning, R. (1841). *Pippa Passes.* London.

Byrne, R. (2006). *The Secret.* New York: Atria Publishing Group.

Byron, L. (1819-24). *Don Juan.* London: Benbow Publisher.

Cacoyannis, M. (Director). (1964). *Zorba the Greek* [Motion Picture].

Camus, A. (1942). *Le Mythe de Sisyphe.* Paris: Éditions Gallimard.

Camus, A. (1942). *L'Étranger.* Paris: Éditions Gallimard.

Camus, A. (1947). *La Peste.* Paris: Éditions Gallimard.

Camus, A. (1957). *L'Exil et le Royaume.* Paris: Éditions Gallimard.

Casanova, G. G. (1825-1829). *Mémoires de J. Casanova de Seingalt, écrits par lui-même*. Paris: Tournachon-Molin.

Castillo, A. (1985). *El que tiene sed*. Buenos Aires: Emecé Editores.

Castillo, A. (1991). *Crónica de un iniciado*. Buenos Aires: Emecé Editores.

Conrad, J. (1899). Heart of Darkness. *Blackwood's Magazin*.

Coppola, F. (Director). (1979). *Apocalypse Now* [Motion Picture].

Coq, L. V. (2019). *El Oráculo de la Guerrera*. Santiago: Editorial Segismundo.

Coq, L. V. (2020). *Manual de Instrucciones para el Hombre Recién Separado*. Santiago, Chile: Editorial Segismundo.

Díaz, J. (Mayo de 1961). *El cepillo de dientes*. (ICTUS, Intérprete) Sala Talía, Santiago, RM, Chile.

Dick, P. K. (1968). *Do Androids Dream of Electric Sheep?* New York: Doubleday.

Diderot, D. (1748). *Les Bijoux indiscrets*. Paris: s.n. (Laurent Durand).

Donen, S. (Director). (1957). *Funny Face* [Motion Picture].

Dr. Juan Grau V. (1998). *Voces indígenas de uso común en Chile*. Santiago, Chile: Ediciones OIKOS Ltda.

Éfeso, H. d. (c. 500 a. C.). *fragmentum B 49a*. Obtenido de fragmentum B 49a: https://el.wikisource.org/wiki/Αποσπάσματα_(Ηράκλειτος)#fragmentum_B_49a

*Epopeya de Gilgamesh*. (c. 2100 a. C.). Ur, Sumeria.

Estés, C. P. (1992). *Women Who Run With the Wolves: Myths and Stories of the Wild Woman Archetype*. New York: Ballantine.

Faulkner, W. (1942). *Go Down, Moses*. New York: Random House.

Ferlosio, C. S. (1968). Que la tortilla se vuelva [Grabado por R. Alárcon]. Santiago, Chile.

Fleming, V., Vidor, K., Cukor, G., & Taurog, N. (Directors). (1939). *The Wizard of Oz* [Motion Picture].

García, C. (1973). Rasguña las piedras [Grabado por Sui Generis]. Buenos Aires, Argentina.

Garrido, Á. (8 de marzo de 2010). *María Carolina*. Obtenido de María Carolina: http://www.mariacarolina.cl

Gibson, W. (1984). *Neuromancer*. New York: Ace Books.

Girondo, O. (1932). *Espantapájaros*. Buenos Aires: Editorial Losada.

Graves, R. (1948). *The White Goddess*. London: Faber and Faber.

Graves, R. (1955). *The Greek Myths*. London: Penguin Books.

Gutierrez, C. (2015). *No te ama*. Santiago: Penguin Random House Grupo Editorial Chile.

Hemingway, E. (1929). *A Farewell to Arms*. New York: Charles Scribner's Sons.

Hesse, H. K. (1927). *Der Steppenwolf*. Berlin: S. Fischer Verlag.

Home, S. (2002). *69 Things to Do with a Dead Princess*. Edinburgh: Canongate Books.

Honegger, A. (1937). Jeunesse [Enregistré par P. Vaillant-Couturier]. Paris, France.

Houellebecq, M. (1998). *Les Particules élémentaires*. Paris: Flammarion.

Huxley, A. (1954). *The Doors of Perception*. London: Chatto & Windus.

*I Ching*. (c. 1200 a. C.).

International Business Machines Corporation. (1975). *IBM System/370 Principles of Operation*. Poughkeepsie: IBM System Products Division, Product Publications.

International Business Machines Corporation. (2014). *CICS Transaction Server for z/OS Application Programming Guide*. Winchester, UK: IBM United Kingdom Limited.

Jong, E. (1973). *Fear of flying*. New York: Holt, Rinehart and Winston.

Kandinsky, V. (1926). *Punkt und Linie zu Fläche, Beitrag zur Analyse der malerischen Elemente*. Munich: Verlag Albert Langen.

Kerner, J. A. (1890). *Klecksographien*. Stuttgart, Alemania.

Leone, S. (Director). (1965). *For a Few Dollars More* [Motion Picture].

Mancilla, C. (2014). *Manto negro*. Santiago: RIL editores.

Maronna, J., & Pescetti, L. M. (2001). *Copyright*. Barcelona: Plaza & Janés Editores.

Marx, K. (1867). *Das Kapital. Kritik der politischen Ökonomie*. Hamburg: Verlag von Otto Meisner.

Matamala, T. (1995). *Hoy recuerdo la tarde en que le vendí mi alma al Diablo (era miércoles y llovía elefantes)*. Barcelona, España: Mondadori.

Mauborgne, W. C. (2005, 2015 (expanded edition)). *Blue Ocean Strategy*. Brighton, Massachusetts: Harvard Business Review Press.

McTeigue, J. (Director). (2005). *V for Vendetta* [Motion Picture].

Melville, H. (1851). *Moby-Dick; or, The Whale*. London: Richard Bentley.

Millet, C. (2011). *La vie sexuelle de Catherine M.* Paris: Seuil.

Mistral, G. (1938). *Tala*. Buenos Aires, Argentina: Editorial Sur.

Mistral, G. (1924). *Ternura. Canciones de niños: rondas, canciones de la tierra, estaciones, religiosas, otras canciones de cuna*. Madrid, España: Saturnino Calleja.

Molière. (15 de febrero de 1865). *Dom Juan ou le Festin de Pierre*. (f. u. Troupe de Monsieur, Intérprete) Grande salle du Palais-Royal, Paris, France.

Moravia, A. (1949). *L'amore coniugale*. Milano: Bompiani.

Neruda, P. (1950). *Canto general*. México, DF, México: Talleres Gráficos de la Nación.

Ono, Y. (1964). *Grapefruit*. Tokio: Wunternaum Press.

Parker, A., & Scarfe, G. (Directors). (1982). *Pink Floyd – The Wall* [Motion Picture].

Poe, E. A. (1841). The Murders in the Rue Morgue. *Graham's Magazine*.

Poe, E. A. (1848). *Eureka: A Prose Poem*. New York: Wiley & Putnam.

Poe, E. A. (Novembre 1846). The Cask of Amontillado. *Godey's Lady's Book*, pp. 216-218.

Poe, E. A. (September 1838). Ligeia. *The American Museum*.

Poe, E. A. (September 1839). The Fall of the House of Usher. *Burton's Gentleman's Magazine*.

Powell, M., & Pressburger, E. (Directors). (1948). *The Red Shoes* [Motion Picture].

Rabelais, F. (1532). *Les horribles et épouvantables faits et prouesses du très renommé Pantagruel Roi des Dipsodes, fils du Grand Géant Gargantua*. Paris: N/A.

Rahman, Z. H. (2014). *In the Light of What We Know*. New York: Farrar, Straus and Giroux.

Rey, H.-F. (1962). *Les Pianos mécaniques*. Paris: Éditions Robert Laffont.

Sagan, F. (1954). *Bonjour tristesse*. Paris: Éditions Julliard.

Sartre, J.-P. (1939). *Le Mur*. Paris, France: Éditions Gallimard.

Sartre, J.-P. (1943). *L'Être et le Néant*. Paris: Éditions Gallimard.

Scott, R. (Director). (1982). *Blade Runner* [Motion Picture].

*Sexo.cl*. (20 de marzo de 2018). Obtenido de Sexo.cl: http://www.sexo.cl/

Shakespeare, W. (Director). (1610). *The Tragedy of Macbeth*. (W. Shakespeare, Performer) Globe Theater, London, U.K.

Spehar, B., Taylor, R., Clifford, C., & Newell, B. (2008). The Visual Complexity of Pollock's Dripped Fractals. *Unifying Themes in Complex Systems IV* (pp. 175-182). Berlin: Springer.

Spielberg, S. (Director). (1982). *E.T. the Extra-Terrestrial* [Motion Picture].

Stendhal. (1830). *Le Rouge et le Noir*. Paris: Levasseur.

Subiela, E. (Dirección). (1992). *El lado oscuro del corazón* [Película].

Tolkien, J. R. (1955). *The Lord of the Rings*. Crows Nest, New South Wales: Allen & Unwin.

Trakl, G. (1913). *Gedichte*. Leipzig, Alemania: Kurt August Paul Wolff.

Trousdale, G., & Wise, K. (Directors). (1991). *Beauty and the Beast* [Motion Picture].

Wachowski, L., & Wachowski, L. (Directors). (1999). *The Matrix* [Motion Picture].

Weiss, B. L. (1988). *Many Lives, Many Masters: The True Story of a Prominent Psychiatrist, His Young Patient, and the Past-Life Therapy That Changed Both Their Lives*. New York, NY, USA: Fireside Books.

Wittgenstein, L. (1921). *Tractatus Logico-Philosophicus*. Austria: W. Ostwald's Annalen der Naturphilosophie.

Yourcenar, M. (1951). *Mémoires d'Hadrien*. Paris: Plon.

Zambra, A. (2006). *Bonsái*. Barcelona: Anagrama.

Καζαντζάκης, Ν. (1946). *Βίος και Πολιτεία του Αλέξη Ζορμπά*.

Ὅμηρος. (c 600 a. C.). *Ἰλιάς*. Ἰωνία, Ἀνατολή.

Ὅμηρος. (c 600 a. C.). *Ὀδύσσεια*. Ἰωνία, Ἀνατολή.

Достоевский, Ф. М. (1864). *Записки из подполья*. Москва, Россійская Имперія.

春樹, 村. (1994). *ねじまき鳥クロニクル*. 東京都: 新潮社.

# Ultílogo

o

## Una breve apología del plagio

o

### *Ars novella*

Desperdicié mi juventud contando hojas en árboles invertidos, balanceados o no, además de dividir, preciso y eficiente, un triángulo en dos triángulos, disecar el ciclo vital de colas ficticias, aprender a escribir y leer en lenguas no-humanas, entre otras perversiones del espíritu. Con el pasar del tiempo, me dediqué a arquitecturar catedrales en el aire, como todo buen nefelibata.

El lenguaje, los lenguajes —entendidos como un conjunto finito de palabras que, unidas a una gramática, son capaces de generar un conjunto infinito de significados— siempre me han fascinado. Esa capacidad, tan humana, tan ingenieril, de construir, de crear, de inventar mundos imaginarios es alucinante. Toda nuestra literatura, nuestra cultura, fue creada, cosida, hilvanada, zurcida, pespuntada y bordada así: A punta de palabras, frases y narraciones. La literatura, la cultura misma, vista como una propiedad emergente del lenguaje.

Años dediqué a estudiar el cómo se hacía. Quería saber dicho insondable arte, conocer el arcano secreto: ¿Cómo construir mundos? Así que, todas las noches, sin falta, leía, omnívoro, leía lo que cayera bajo mis manos. Leía, analizaba, desentrañaba, disecaba, desengastaba los textos hasta descubrir sus estructuras, sus referencias, sus intertextualidades, sus contextos de obviedad. Empecé, muy paulatinamente, a entender los enlaces y conexiones lógicas que constituyen nuestras culturas; esa gran red hipertextual en la cual navegamos en las lecturas e interacciones cotidianas, dejando como residuo en nuestra mente el humus descompuesto de sus nexos, implícita en la realidad pues las citas no tienen el *hyperlink* a la vista para ayudarnos a entenderlas ni RFC que las redima.

Así descubrí el plagio.

Hallé que nada es original pues todo texto está basado en otros. Ergo, tenía por tarea el aprender a plagiar si quería aprender a escribir.

Para mí, una novela es una mesita de tres patas; la o las tramas, los personajes y el contexto, que soportan una tabla hecha de cosas como estilo, voz, etc. No será sorpresa que los cuatro se pueden plagiar. Antaño ni siquiera se escondía la copia: ¿Cuántos *Don Juan* fueron escritos? Claro está, que el quinto elemento (mira, un número primo de Fermat) no puede ser plagiado, pues cada lector es único, aunque vuelva a leer el mismo libro tiempo después. *ποταμοῖς τοῖς αὐτοῖς ἐμβαίνομεν τε καὶ οὐκ ἐμβαίνομεν, εἶμεν τε καὶ οὐκ εἶμεν τε.*

Entonces, me dije, nada más fácil que tomar una trama, cambiarle los personajes y el contexto, para crear algo nuevo. Ejemplos abundan, desde la copia básica del Camino del Héroe (i.e. *StarWars*) hasta trabajos de calidad superior (i.e. *Apocalypse Now*). Años después, tras una conversación sobre el tema, me regalaron un libro de un tal Vladimir Propp. Muchos años más y Michel Foucault vendría a conflictuarme.

De personajes para copiar, el multiverso está lleno, partiendo por nuestros familiares, amistades, personalidades, vivas o muertas, y hasta personajes de novelas. El mundo del *fanfiction* vive de eso, sea dicho de paso, y muy bien al ser la almáciga de los grandes escritores de mañana. Por cierto, tienen la gran ventaja de no necesitar un arco.

En primera instancia, el contexto, lugar espaciotemporal, parece ser lo más simple de plagiar: basta tomar la realidad y describirla. Sin embargo, en la práctica no resulta sencillo, pues la realidad no tiene por qué ser creíble, simplemente es, mientras que una historia sí, debe serlo. Además, sólo un observador minucioso es capaz de describir con propiedad un mundo real, un mundo recordado, extinto o, completamente inventado. La Ciencia Ficción, como género, lidera la ficción especulativa de la mano de Ursula K. Le Guin o Robert L. Forward, por ejemplo.

Del estilo, de la voz, no hablaré, pues es un tema que no cabe en este ultílogo, como escribiría el bueno de Pierre de Fermat. *Hanc marginis exiguitas non caperet.*

De lectura en lectura, me llegó la hora de plagiar.

Hablaré de esta novela, si no hay más remedio, la cual es un gran ejercicio en el arte de plagiar, pues las tres tramas son plagiadas, los personajes también, los contextos copiados de cierta surrealidad chilena y los estilos, bueno, basta con decir que todas las frases de esta novela son copiadas. Más aún, todas y cada una de las palabras (siempre tan polisémicas, ¡ellas!) de esta novela ha sido usadas en otras. Y ni hablar de las putas letras, tan fecundas en su promiscuidad.

Son trece capítulos porque me gusta dicho número, por ser uno de los tres primos de Wilson conocidos además de un número de Fibonacci, entre otras cosas. Obviamente, usé la clásica estructura en tres actos para las tres tramas, pero tuve que dividir la Confrontación en dos, para mantener los equilibrios. Una de las tramas se la debo, literalmente, a Molière, las otras son versiones de La Búsqueda y del Camino del Héroe, con un espolvoreado de Mosaico.

Kurtzinski fue construido como el arco de los mongoles, por capas. Primero, fusioné a Kurt con Djerzinski, para aplicar una capa de Minotauro, otra de Dédalo y, por último, otra de Hefesto con un dejo de San Pedro. El pobre de Juan no es más que un Sísifo, emasculado y moderno, sin las virtudes ni defectos del original. La mitología griega es fuente inagotable de personajes interesantes en sus dramas. Vania, como su nombre indica, es un *Dom Juan* femenino, gracias a la magia del espejo. Los demás, en quienes todos nos reconocemos, son estereotipos o caricaturas.

El contexto, bueno, ya lo conocen.

El resto… lo tendrán que leer o releer.

Sólo contar que esta obra fue tarea de una década, una temporada en el infierno, con mucha soledad, trabajo y noches de farra.

Un *bug* en COBOL clama por mi atención, así que me despido…

# En donde el lector podrá encontrar varias preguntas variopintas y desordenadas

✓ ¿Qué había dentro de los baúles?

✓ ¿Cuáles personajes han sido pareja?

✓ ¿Dónde usó el autor el recurso de los espejos, tanto físicos como estructurales?

✓ ¿Cómo describiría físicamente a Paulina?

✓ ¿Qué idiolectos técnicos se usaron?

✓ ¿Qué simbolizan los pájaros? ¿En específico, la grulla japonesa?

✓ ¿Cuáles personajes han tenido un encuentro sexual del tercer tipo, aunque sólo sea una vez?

✓ ¿Quién es el hablante de las Notas del Editor?

✓ ¿Qué simboliza el jamón? ¿Y el sándwich?

✓ ¿Cómo describiría físicamente a Pancho?

✓ ¿Qué frases reconoce de otros textos?

✓ ¿Dónde inicia la ficción y dónde termina la realidad en el relato?

✓ ¿Quién es el padre del nieto de Kurtzinski?

- ✓ ¿Qué simboliza la osa? ¿Y la corbata de seda?

- ✓ ¿Qué simbolizan los ríos? ¿Cuántos ríos mitológicos se mencionan o aluden en la novela?

- ✓ ¿Cuál es el rol de la mitología grecorromana en la trama? ¿Y de la mitología japonesa?

- ✓ ¿Cuál es el tema de fondo de la novela?

- ✓ ¿Qué representa el toro? ¿Las yeguas?

- ✓ ¿Cómo se relaciona el vuelo con el infierno?

- ✓ ¿Ayuda a la trama el epígrafe en COBOL en cada capítulo? ¿Cómo y por qué?

- ✓ ¿Pasa lo mismo con las citas? ¿Por qué?

- ✓ ¿Qué historia se contó? Elabore.

- ✓ ¿Con cuál personaje se identifica? ¿Por qué?

- ✓ ¿Por qué están las dos lesbianas suicidas en el relato? ¿Quiénes eran?

- ✓ ¿A qué se refiere el autor con la metáfora del laberinto? ¿Quién se llevó mi queso?

- ✓ ¿Cuál es el sentido de la transculturización entre occidente y oriente?

- ✓ ¿Quién es el padre de la hija de Kurtzinski?

# Tabla de Materias

| | |
|---|---|
| Dedicatorias | 9 |
| Leguleyadas | 11 |
| Agradecimientos | 13 |
| Pregrafe | 15 |
| *Homo dramatis personæ* | 17 |
| *Femina dramatis personæ* | 19 |
| De los cepillos de dientes… | 21 |
| ¿Qué chucha? | 43 |
| El canario. | 67 |
| De la contención… | 81 |
| ¿Dónde están los hombres? | 99 |
| La hija. | 123 |
| Del monstruo ideal… | 139 |
| ¿Seré aún bella? | 159 |
| Las amigas. | 181 |
| Del conejo y de las conejas… | 195 |
| ¿Alguno que sepa tirar? | 209 |
| El Castillo Hidalgo. | 221 |
| Postgrafe | 237 |
| Epílogo | 239 |
| ポスツエピーログ | 243 |
| Biografía del autor | 245 |
| Bibliografía en APA menor | 247 |
| Ultílogo | 255 |
| En donde el lector podrá encontrar varias preguntas variopintas y desordenadas | 259 |
| Tabla de Materias | 261 |
| Colofón | 262 |

# Colofón

Este libro se imprimió mecánicamente, no sabemos dónde ni cuándo, por algún robot dedicado a la impresión bajo demanda. Por lo tanto, nos es imposible indicar cuántos ejemplares han sido producidos a la fecha ni cuántos lo serán en el futuro. Esperamos que se haya usado papel Bond blanco y una tapa de cartulina polilaminada a color, con una encuadernación rústica mediante *hotmelt*. Por lo menos estamos seguros de haber usado la tipografía *Book Antigua*, en varios tamaños y variantes, para la mayoría de su interior.

S

www.ingramcontent.com/pod-product-compliance
Lightning Source LLC
Chambersburg PA
CBHW071235260626
47161CB00003BA/974